ソーニャ文庫アンソロジー

騎士の恋

富樫聖夜　秋野真珠
春日部こみと　荷鴣

イースト・プレス

contents

「残念姫」は騎士団長の腕の中

富樫聖夜

──なんてことなの……。

読み終えたばかりの本を胸に抱きしめたまま、リセリアは唖然《あぜん》と立ち尽くしていた。

読書室の窓から見下ろせる小さな裏庭の一角で、リセリアの婚約者と異母姉が抱き合ってキスを交わしている。

見間違いかと何度も目を瞬かせたが、黄金色に輝く髪の女性は異母姉のマリアンナだったし、女性をしっかりと抱きしめているのは半年前にリセリアと婚約を交わした公爵子息のリュシアンだった。情熱的に抱き合う様子から察するに、二人の密会はきっとこれが最初ではないし、もちろん最後でもないだろう。

リセリアが二人を見かけたのは偶然だった。

読書の時間、部屋の外で待機してくれている護衛の騎士たちのことを考えて、リセリアは、本を読み終えたらなるべくすぐに部屋を出ることにしている。そのため、今まで窓の外など気にしたことはなかったし、ましてや窓辺に立って外を眺めることもなかった。

それなのに、なぜ今日に限って外の空気が吸いたいなどと思ってしまったのか。すぐに読書室を出ればこのような場面を見なくてすんだものを。

──リュシアンとお姉様が……いいえ、それほど驚くことでもないわね。

小さく息を吐くと、リセリアはそっと窓から離れた。

婚約者の裏切り行為を目撃してしまったが、悲しみやショックはそれほどない。もともとリュシアンは女性との噂が絶えない人物だったし、リセリアとの婚約も国王に命じられて結んだもので、互いに好意があったわけではなかったからだ。

リセリアが気にしているのは自分のことではなく、マリアンナの婚約者のことだった。

——カルファスは、お姉様の裏切りを知ったら、きっと苦しむでしょうね……。

真面目な彼はいつだって誠実にマリアンナに接していた。忙しい身なのに、時間の許す限り夜会に出席してはマリアンナのエスコートを務めているという。それを聞いて、リセリアはどれほどマリアンナが羨ましい、妬ましいと思ったことか。

——それなのにカルファスを裏切るなんて……。

怒りが湧いてくるが、リセリアにはどうすることもできなかった。事を公《おおやけ》にして二人を糾弾する力はリセリアにはない。それに……。

——それに、お姉様たちだってご自身の立場はよくわかっておられるはず。きっとあれはいつもの戯《たわむ》れで、すぐに熱も冷めるわ。それならカルファスは知らないままの方がいい。

気持ちを切り替えるようにリセリアは本を胸に抱え直すと、読書室を出た。

——見なかったの。私は何も見なかったのよ。

己にそう言い聞かせながら、リセリアは入り口の外で彼女が読書を終えるのを待っていた騎士たちに声をかける。

「リーグ、マルフォ。お待たせしました。戻りましょう」

「はい。リセリア殿下」

　彼らは近衛騎士団に所属する騎士で、リセリアに付けられた専属の護衛だ。リセリアが母親と暮らしている館を出る時は必ず二人の護衛が付き添う決まりになっている。

　リセリアは国王と三番目の妃との間に生まれたエスタリア国の第四王女だ。

　この国では王族に限って複数の妻を娶《めと》ることが許されている。どの妻も神の前で婚姻を誓った正式な国王の妃なので、第三王妃との間に生まれたリセリアも庶子ではなく、れっきとした嫡出子の王女だ。

　けれど屈強な騎士たちを両脇に従えて王宮図書館をあとにする彼女の姿は、とても一国の王女には見えなかった。

　質はいいものの、デザインも色合いも地味なドレスに身を包み、やや癖《くせ》のある褐色の髪は一本の三つ編みに結われて無造作に背中に垂《た》らされている。

　きわめつきがリセリアの顔の上半分を覆っている眼鏡だ。少し大きめな丸い眼鏡には長すぎる前髪がかかっていて、彼女の目を完全に隠してしまっている。

　野暮《やぼ》ったいという言葉がぴったりの姿だった。こんなリセリアを見て一体誰が王女だと思うだろうか。

　第一王妃が産んだ二人の王女や、第二王妃の産んだ第三王女のマリアンナは非常に美しい容姿をしているだけに、リセリアの姿は人々の目に奇妙に映った。

おまけにリセリアは、王女として欠席できない公式行事以外はめったに人前に姿を見せず、割り当てられた公務をこなす以外はほとんど図書館に籠もって本ばかり読んでいる。ドレスや宝飾品には興味がなく、貴族令嬢たちを招いてのお茶会を催すこともなかった。

そんなリセリアに付けられたあだ名が『残念姫』だ。見目麗しい容姿を持つ王族の中にあって、たった一人異質で残念な存在だからだ。

――『残念姫』ね。ぴったりだわ。

一応は王女であるリセリアに面と向かって『残念姫』と呼ぶ者は異母姉のマリアンナくらいだが、こうして姿を見せるたびに使用人や貴族たちが陰でこそこそ笑い者にしているのをリセリアは知っている。

陰口を叩かれ、嘲笑《ちょうしょう》されていることに傷つかないわけではないが、リセリアは気にしないようにしていた。なぜなら彼女はわざと野暮ったく見えるように装っていたからだ。

一見冴えない姿のリセリアだが、地味なドレスや眼鏡に惑わされずによく見れば、美人だと誉れ高いマリアンナと遜色のない容姿をしているのがわかる。

普段は眼鏡と前髪に覆われて見えないが、長いまつ毛に縁どられた瞳は孔雀石《くじゃくいし》のように深みのある翠色で、非常に印象的だ。細い鼻梁《びりょう》に、シミ一つない滑《なめ》らかな白い肌。形のよい小ぶりの唇は、化粧をほどこされていないにもかかわらず、つやつやと薄紅色に輝いている。

飾り気のないシンプルなドレスに覆われている身体は、コルセットの必要がないほど腰が細く、反対に胸は柔らかな曲線を描いて豊かに張り出している。

背中に垂らされた一本の三つ編みも、一見無造作でありながらよく見ればきちんと丁寧に手入れがされており、絹糸のように艶やかで美しかった。

そう。ほんの少し素顔を晒して着飾るだけで、リセリアは十分大勢の目を引く容貌をしているのだ。

それがなぜ自分の美貌を隠すようにして野暮ったい姿を装っているかといえば、第二王妃とマリアンナの目をごまかすためだった。

マリアンナはリセリアより二歳年上の異母姉だ。母親譲りの華やかな美貌の持ち主で、王女であるということと自分の容姿を最大の武器にしている。

性格は気位が高くて我儘《わがまま》。常に賞賛されていないと気がすまないらしく、取り巻きの令嬢や見目麗しい貴族の子弟たちをいつも傍に侍《はべ》らせている。第二王妃譲りの美貌がたいそう自慢で、自分の地位を脅かしそうな容姿の整った令嬢には嫌がらせを繰り返し、これまで何人も社交界から追い出しているらしい。

『マリアンナ王女は容姿も性格も第二王妃様とそっくりね』

マリアンナの噂が耳に入るたびにリセリアの母はため息まじりにそう呟《つぶや》く。

第二王妃は力のあるファンデブルグ侯爵家の出身だ。自身の華やかな美貌を誇っていた第二王妃は、今のマリアンナと同じように、見目麗しい令嬢を侯爵家の権力を使って社交界から追い出していた。

幸いにもリセリアの母の実家であるブルグランド伯爵家はファンデブルグ侯爵家とは距離を置いていたし、社交界デビューの時期が違っていたこともあり、嫌がらせの対象になることはなかった。けれど、第二王妃の行状を見聞きしていた母親は、第三王妃となった後も第二王妃やマリアンナの目に留まらないように細心の注意を払っていた。

リセリアの容姿を隠すことに決めたのも母親だ。

『ありがたいことに、第二王妃たちは今のところ私たちを敵にもなりえない、取るに足らない存在だと考えて放置しているわ。でも、あなたが美しく成長すれば、マリアンナ王女の敵とみなして必ず潰しにくるでしょう。お二人が第一王妃様と王女様方に気を取られているうちにこちらも守りを固めておかないといけないわ』

薄くなりかかったリセリアのそばかすに触れながら母親が言った言葉を、今でもよく覚えている。

こうして、リセリアが館の外に出ていく時のドレスは地味な色合いのものになり、チョコレート色の艶やかな髪は隠すように三つ編みに結われ、顔の半分を眼鏡で覆うようになったのだった。変わり者の第四王女『残念姫』の出来上がりだ。

――でもこの変装を解くのも遠い先のことではないのね……。

マリアンナがどこかへ嫁ぐか、もしくはリセリア自身がどこかに輿入《こしい》れすればもう顔を隠す理由はない。そしてマリアンナもリセリアも嫁ぎ先が決まり、結婚式を待つばかりになっている。

それがリセリアには憂鬱《ゆううつ》でたまらなかった。

「あ、団長と副団長」

俯きながら歩くリセリアの耳に、右隣を歩く護衛騎士マルフォの声が届く。ハッとしたように顔をあげると、館と館を結ぶ長い回廊の先に近衛騎士団の紺色の制服に身を包んだ二人の男性が立っているのが見えた。二人は広げた紙に視線を落としながら会話をしているようだ。まだリセリアたちには気づいていない。

リセリアの目は自然と二人の男性のうちの一人に引きつけられる。

その男性はひときわ背が高かった。勲章《くんしょう》のついた紺の制服に包まれた身体は、遠目でも筋肉質であることが見て取れる。高い鼻梁にきりっとした太い眉。涼やかな目元。くすんだ色合いの金髪は短くすっきりまとめられ、男らしい端整な顔立ちを引き立たせていた。

ふと、近づいてくる気配に気づいたようにその男性が顔をあげる。水色の目がリセリアたちを捉えたとたん、彼の口元が綻《ほころ》んだ。

「リセリア様。図書館の帰りですか？」

どきりとリセリアの心臓が跳ねる。

それは彼から向けられた柔らかな笑みのせいなのか、あるいは図書館の裏庭で抱き合っていたマリアンナとリュシアンの姿が脳裏に浮かんだせいなのかは彼女自身にもよくわからなかった。

——落ち着くのよ、リセリア。カルファスは勘《かん》が鋭いのだから、いつも通りにしなければ。

「こんにちは、カルファス団長。ランディル副団長。ええ、私たちは図書館の帰りなの」

リセリアはできるだけ朗《ほが》らかな口調で挨拶《あいさつ》をしながら二人に近づいていった。

男性の名前はカルファス・ルシオール。ルシオール侯爵にして王族の身辺警護を担当する近衛騎士団の団長だ。そして——異母姉マリアンナの婚約者でもあった。

「ここで二人が揃っているのは珍しいわね。何か問題でも？」

尋ねたものの、副団長が手にしている紙が建物の見取図のようだと気づけば答えはおのずと察せられた。

「もしかしてお父様の在位三十周年の式典と祝賀会の？」

「はい。騎士たちの配置などの確認をしておりました。諸外国から大勢の賓客がおいでになりますからね。準備は万全にしておかないと」

今王宮は、三日後に行われる国王の在位三十周年記念式典の準備でどこも慌ただしい雰囲気に包まれている。節目の年なので、招待客も参加者もいつになく多い。その分、準備も大掛かりなものになっていた。

　祝賀会のことを考えて、リセリアは眼鏡の奥で瞳を曇らせる。彼女にとって人前に出る祝賀会などのパーティは、奇異の目で見られ、陰で嘲笑される苦痛なだけの時間だ。さらに半年前からは、婚約者としてマリアンナをエスコートしたり一緒に踊ったりするカルファスを見なければならない辛い時間にもなっていた。

　――できれば出たくないけれど……それは許されないでしょうね。

　リュシアンにエスコートされて入場することももう決まっている。王宮で定期的に行われる夜会や舞踏会などは欠席しても許されるが、さすがにこれだけ大きな祭典ともなると王族として出席しないわけにはいかないのだ。

「カルファスは……三日後の祝賀会ではお姉様をエスコートするのでしょう？」

　胸の痛みを隠しながら尋ねると、カルファスからは意外な答えが返ってきた。

「いえ。何があるかわかりませんから、私は欠席して騎士たちの指揮をとることになっております。マリアンナ殿下のエスコートは陛下の従兄弟のベレス大公閣下が代役を務めてくださる予定です」

「そ、そうなの」

　それでは今回ばかりは寄り添うマリアンナとカルファスの姿を見なくてすむのだ。

　安堵すると同時にリセリアはそんな自分を嫌悪する。

――私ったら。カルファスは仕事のために仕方なく欠席するというのに。

けれども仲よさそうに踊る二人を見るのは、リセリアにとって何より辛いことだった。自分の婚約者とマリアンナがひと気のない場所で抱き合っているのを見た時は何とも思わなかったのに。

リセリアはもう長いことカルファスに恋をしている。諦めなければと思っても、胸にくすぶり続けるこの想いを消すことはできないでいた。

「リセリア様？　どうかなさったのですか？」

カルファスは眉をひそめて、じっとリセリアを見下ろした。

「あまり元気がないご様子ですね。何か心配なことでもありましたか？」

眼鏡と長い前髪のせいで表情などほとんど見えないだろうに、カルファスはリセリアの気持ちを敏感に感じ取ったらしく、心配そうに尋ねてくる。慌ててリセリアは首を横に振った。

「いえ、大丈夫よ。祝賀会で人前に出ることを考えて少し不安になっただけだから」

いつもそうだ。隠そうとしてもすぐに彼はリセリアの不安に気づいてしまう。いともたやすくリセリアの感情を読み取ってしまうのだ。

それも当然だろう。カルファスはリセリアが六歳から十一歳になるまでの五年間、彼女の専属の護衛騎士として常に傍にいたのだから。

この国の王族は六歳になると公式の場に顔を出し、少しずつ公務も担っていく決まりになっている。リセリアも六歳になり、第三王妃の住む館から外に出て活動しなくてはならなくなったため、専任の護衛騎士が付けられることになった。その時にリセリアの護衛騎士として選ばれたのが、近衛騎士団に入って間もないカルファスだった。

カルファスの実家であるルシオール侯爵家は建国の時から王家を支えてきた名門で、中立派の中心的存在だ。リセリアは知らなかったが、名門ルシオール侯爵家の嫡男が騎士の道を選んだ時は、宮廷でも話題になったという。なぜなら、騎士になるのは爵位を継げない次男や三男などがほとんどで、代々軍人や騎士を輩出してきた家柄ならともかく、高位の貴族の跡継ぎが選ぶ道ではなかったからだ。

なぜカルファスは騎士になろうとしたのか。その答えをリセリアは直接カルファスから聞いていた。

『王太子殿下をお守りするためです。幸い、と言いますか、私は勉強よりも剣が好きだったので、国政に携わる道ではなく、騎士になることを選びました』

王太子エドモンドとカルファスは歳の近い幼馴染みで、とても親しい関係であるらしい。けれど王太子の警護につくにはカルファスではまだまだ経験と実績が足らず、この国の近衛騎士団特有の問題もあり、リセリア専属の護衛騎士に就くことになったのだった。

『王太子殿下からもリセリア様をしっかり守って欲しいと言われております。まだまだ未熟ですが、このカルファス、命に代えましても必ずリセリア様をお守りいたします』

片膝を床について騎士の誓いを立てるカルファスは、まるで物語の中の姫君を守る騎士そのものに見えた。

リセリアはカルファスにすぐに懐いた。もう一人兄が増えたような気がしたのだ。カルファスはリセリアを子ども扱いせず、王女として立てながらも、さりげなく彼女に色々なものを見せては世界を広げてくれた。

それまで自身の暮らす館からほとんど出ることなく、狭い世界しか知らなかったリセリアは、カルファスに導かれて多くのことを学んだ。

王宮図書館に最初に連れて行ってくれたのもカルファスだ。時間を忘れて読書に没頭するリセリアにカルファスは嫌な顔一つしないで、何時間でも付き合ってくれた。

二人はいつも一緒だった。この先もずっとカルファスは自分の傍にいて守ってくれるのだと思っていた。……けれどそうではなかった。

リセリアが十一歳になった頃、カルファスは突然、リセリアの護衛騎士の任から外された。原因はマリアンナだった。

式典に出席したリセリアの背後に控えるカルファスを見たマリアンナが、自分の護衛騎士に欲しいと我儘を言ったのだ。当時マリアンナはまだ十三歳だったが、すでにその頃から、見目麗しい男性を傍に侍らせるのが好きだったのだ。

『彼はあんな冴えない子よりわたくしの傍にいるのが相応しいわ！』

カルファスは断ったようだが、当時の騎士団長が第二王妃の実家であるファンデブルグ侯爵家の派閥の出身だったこともあり、マリアンナの要求はあっさり通ってしまった。カルファスはリセリアの護衛騎士を解任され、マリアンナの護衛騎士に配置換えとなった。

あの時のことを思いだすと、リセリアは今でも胸が苦しくなる。

つい先日まで傍らにいたカルファスが、マリアンナの後ろに控えているのを見なければならないのはとても辛いことだった。

その時になって初めて、リセリアはカルファスへの自分の想いが、兄に向けるような親愛ではなく恋だったことを自覚した。けれど、自覚してしまったからこそ、リセリアの苦悩は増した。

なかでも一番リセリアを傷つけたのは、光り輝くように美しいマリアンナを守るカルファスがまさしく「姫君を守る騎士」に見えたことだった。

二人が並ぶ姿はリセリアが見てもとてもよく似合っていて、当時すでに眼鏡をかけて地味な姿を装っていたリセリアを打ちのめした。

――お姉様や皆の言う通りだわ。私なんかより、お姉様の方が遥かにカルファスに相応しい……。

最初から叶うはずのない恋だった。諦めなければならない想いだった。けれど、あれから六年が経ち、十七歳になった今も、リセリアの胸の中にはカルファスへの想いがくすぶり続けている。

「リセリア様は人前に出るのが苦手ですからね。ですが心配はご無用です。王太子殿下もいらっしゃいますし、陛下もリセリア様があのような場が得意でないことは十分わかっておられますから、いつものように途中で抜けられてもお咎《とが》めはないでしょう」

微笑むカルファスは、あの頃よりますます男としての魅力が増していた。二年前に父親から侯爵位を継ぎ、その翌年に近衛騎士団長の役職に就いてからは、威厳まで出てきている。

――もうカルファスは私だけの騎士じゃない。……ううん。もともと私みたいな地味な王女の騎士で収まっていい人ではなかったんだわ。

幸いなことに、カルファスがマリアンナの護衛騎士だったのはたったの半年間だった。その後、近衛騎士団の中で人事の刷新《さっしん》があり、カルファスは王太子の護衛騎士となった。カルファスの念願が叶い、リセリアは我がことのように喜んだが、彼がますます手の届かないところへ行ってしまったと、改めて感じていた。

――そしてとうとう本当に手の届かない人になってしまうのね。

半年前、国王はマリアンナの結婚相手にカルファスを指名し、リセリアにはリージェシー公爵の嫡男、リュシアンに嫁ぐように命じた。

――仕方ないわ。誰が考えたって、反フローランド派の母を持つお姉様が中立派のルシオール侯爵家に輿入れし、中立派の王女の私が親フローランド派のリージェシー公爵家に嫁ぐのが一番いいのだもの。

リセリアの父親は王位に就いてからずっと、貴族の派閥間の争いが国政に悪影響を及ぼさないように苦心していた。それを知っているだけに、リセリアは王女として、父の決定に異を唱えることはできなかった。

――カルファスはお姉様の夫になる人。いい加減、諦めなければ……。

二人に別れの挨拶をして回廊を歩き始めたリセリアは、リーグとマルフォに気づかれないように震える吐息を漏らすのだった。

＊＊＊

それから三日後、リセリアは父王の在位三十周年の祝賀会が開かれている大広間にいた。

「まったく、気に入らないな」

リセリアの身体を軽やかに回しながら、王太子エドモンドが呟く。大広間の中央で音楽に合わせてダンスをしている最中のことだった。

突然の異母兄の言葉にリセリアは目を瞬かせる。

「お兄様、どうかなさったの？」

エドモンドは国王と第一王妃との子どもだが、父王の名代として第三王妃のもとを訪ねる機会が何度もあり、昔からリセリアを可愛がってくれていた。

「あれだよ、あれ」

そう言ってエドモンドは視線で指し示す。そちらにちらりと視線を向けると、最近若くして未亡人になったという女性と楽しそうに踊っているリュシアンの姿があった。二人から少し離れたところでは次の曲を彼と踊ろうという女性たちが待ち構えている。

「君とは最初のダンスを踊ったきり知らん顔か。まったく恥知らずもいいところだな」

表面上は穏やかな顔を崩さずエドモンドが小声で言う。けれどその言葉には怒りが滲《にじ》んでいた。

リュシアンは婚約者が同じ会場にいるにもかかわらず、請われるがまま次から次に別の女性と踊っている。リセリアが参加しない夜会では取り巻きの女性と二人で姿を消すことも珍しくないという。エドモンドが腹を立てるのも無理はなかった。

「君と婚約をすれば多少なりとも女遊びは控えるだろうと思っていたが……」

「私は気にしないわ、お兄様。リュシアンはああいう人ですもの」

リセリアの口元に苦笑いが浮かんだ。

リュシアンは昔から浮名の絶えない人物だった。蝶《ちょう》のようにひらひらと女性の間を行ったり来たりしている。結婚したとしても、いい夫になるとは思えない。けれどそれは最初からわかっていたことだ。

確かに口もうまいし、端整な顔立ちの青年だが、リセリアにとって惹かれるところは何もなかった。リュシアンも同じだろう。婚約の決まった直後から、リュシアンはリセリアのもとへまめに顔を出し、贈り物も欠かさないが、それが義務感からのことでしかないのはすぐにわかった。

「冴えない私といるより美しい女性と踊りたいと思うのは当然だわ」

今日のリセリアは、いつも着ているものよりも明るい色合いの可愛らしいデザインのドレスを身に着けていた。普段は三つ編みにしている髪も綺麗に結い上げてもらい、リュシアンから贈られた赤い宝石の髪飾りを付けている。

もっとも、リセリアの顔の半分は相変わらず眼鏡に覆われているから、人々から奇異な目で見られていたが。

「バカな奴だな、あいつは。君はマリアンナよりもずっと綺麗なのに」

エドモンドはそう吐き捨てると、リセリアの身体をターンさせ、リュシアンの姿を彼女の視界から遠ざけた。

「そう言ってくださるのはお兄様とお父様くらいだわ」

第一王妃もエドモンドもリセリアが素顔を隠している理由を知っている。もちろん国王もだ。王族で知らないのは第二王妃とマリアンナくらいだろう。

「大事な妹をあんな奴のところへ降嫁させなければならないとは。本当に忌々しい」

「仕方ないわ。派閥のバランスを取るためですもの。これも王女としての務めと心得ております」

ふっとエドモンドの顔から笑顔が消えた。

「私はそれがもっとも腹立たしい。なぜ貴族の派閥争いに、王族である我々が振り回されなくてはならないんだ」

エスタリアの貴族はもう長い間、親フローランド派と反フローランド派、それに属さない中立派の三つの派閥に分かれて争っていた。……いや、正確に言えば、争っているのは親フローランド派と反フローランド派であり、中立派は両者から距離を取っているか、冷ややかに傍観していると言うのが正しいだろう。

派閥が生まれることになった最初のきっかけは、リセリアの父王が即位して間もない頃に、同盟を結んだばかりの隣国フローランドから縁談が持ち込まれたことだった。

同盟を強化することは国力の強化にも繋がると考え、父王はその縁談を受け入れることにしたが、これに反対する者たちが現れた。それが、第二王妃の実家であるファンデブルグ侯爵家を中心とする貴族たちだ。

『フローランドはつい数年前まで国境線を巡って争っていた国ですぞ！　そんな国の王女を王妃として迎えるのは反対です！』

その考えに賛同した貴族たちが反フローランドを掲《かか》げて、王女の輿入れに激しく反対したのだ。もっともこれは単なる建前にすぎず、本当の狙いはファンデブルグ侯爵が王女の輿入れを阻止して、自分の娘を国王の第一王妃に据えたいという野望があったからだと言われている。

一方、そんなファンデブルグ侯爵家に対抗し、政敵だったリージェシー公爵が親フローランドを掲げて王女の輿入れを後押しするようになった。彼には息子しかおらず、王家に輿入れできる娘がいなかったため、ファンデブルグ侯爵家の令嬢が王妃となるのを阻止したい思惑があったようだ。

要するに、有力貴族の権力闘争がフローランド国からの縁談をきっかけに他の貴族を巻きこんで大きくなっていった形だ。もちろん、両者のどちらにも与《くみ》しない貴族も大勢いて、その者たちが今度は中立を掲げて、もう一つの派閥となっていった。

三つの派閥が生まれて争う中、父王は国益のことを考えて反対を押し切り、フローランド国の王女を第一王妃に迎えた。けれど、第一王妃となった王女が立て続けに王子と王女を産んでも、派閥の争いは収まる気配がなかった。

宮廷は荒れ、国力も低下していった。そこで父王は苦渋の決断をし、反フローランド派と中立派の貴族からそれぞれ妃を娶ることにしたのだ。

それがファンデブルグ侯爵家から輿入れした第二王妃、中立派の貴族の中から選ばれたリセリアの母親である第三王妃だ。

こうして政治の場ではなく、今度は三人の王妃たちの周辺が派閥争いの中心となっていった。それは三十年経った今も続いている。権力争いに端《たん》を発しているだけに、両陣営ともまったく矛を収める気配はなかった。

――お父様も派閥のバランスを取るのに苦慮されているし、エドモンドお兄様もなんとかこの状況を解消させようと頑張っているみたいだけど……。

とはいえ、なかなか改善が難しいようだ。中立派が反フローランド派と親フローランド派の緩衝材のような役割を果たしているからこそ、なんとか均衡が保たれているようなものだった。

カルファスが二十七歳という若さで騎士団長に任命されたのも、もちろん彼の実力もあったが、実家であるルシオール侯爵家が中立派だったのも理由の一つだ。

そうした流れから、リセリアとマリアンナの結婚相手も派閥を配慮したものとなった。

中立派の王女であるリセリアと親フローランド派のリージェシー公爵の嫡男リュシアン。

反フローランド派の王女マリアンナと中立派のルシオール侯爵カルファス。

この組み合わせで派閥のバランスを取る――それが父王の決めた方針だった。

残念ながら今の王家に派閥を解体させる力はない。リセリアはカルファスへの想いを諦めてリュシアンとの縁談を受け入れるしかなかった。

「君が結婚できる年齢になるまでに派閥の問題はどうにかしたかったんだが……不甲斐ない兄ですまない、リセリア」

「謝らないでください、お兄様。私はお父様たちのお役に立てれば十分なのですから」

「リセリアは物わかりが良すぎるな。もっと我儘を言ってもいいのに」

苦笑まじりにエドモンドが呟いたと同時に曲が終わった。リセリアはエドモンドにエスコートされて踊りの輪から外れながら微笑んだ。

「踊ってくださってありがとうございました、お兄様」

「こちらこそ楽しかったよ、リセリア」

作り笑いではない笑顔を浮かべたエドモンドは、少しだけ声を落として続けた。

「リセリア。私も父上も君の幸せを願っている。それを忘れないで、あと少しだけ待っていて欲しい。決して悪いようにはしないから」

「お兄様？　それはどういう――」

けれど発言の真意を知ることはできなかった。ダンスを申し込みに来た母方の叔父にリセリアを託してエドモンドが離れてしまったからだ。

――待っていて欲しい？　どういう意味なのかしら？

叔父と踊りながら、リセリアは内心で首を傾げた。


その後、母方の親戚の男性数人と踊り、いい頃合いだと思ったリセリアは、父王に退出の挨拶をして広間を抜け出した。

護衛騎士であるリーグとマルフォの姿を捜して周囲を見回していると、ちょうど広間の様子を見に来たカルファスとばったり出くわした。

「館にお戻りですか？　リセリア様」

「え、ええ」

「リーグとマルフォは今ちょうど見回りで出払っております。私でよければ館までお送りしましょう」

「あ、ありがとう。でもここを離れていいの？」

「今のところ私に報告が来るような問題は起こっていませんし、現場にいる騎士たちは優秀なので何かあっても対処できますから、大丈夫です」

「だったらお願いするわ」

カルファスと一緒にいられるという誘惑に、リセリアは逆らえなかった。

――こうしてカルファスと一緒に歩くなんて何年ぶりかしら。まるで昔に戻ったみたい……。

気分が高揚し、ふわふわした気持ちになる。しかし、それは長くは続かなかった。二人で並んで歩き始めてすぐに、開け放たれた扉の前でたたずむ礼服姿の初老の紳士とその奥方と思われる女性、さらに二人に付き添っていたらしい使用人に出くわしたからだ。

この区域は広間にも近く、招待客がすぐに利用できるようにと用意された客室が並んでいる。この夫婦も客室を使おうとして使用人に案内されてきたのだろう。

――でも様子がおかしいわ？

三人は近づいてくるリセリアたちに気づかず、客室の部屋の中を、呆然とした様子で凝視している。

「いかがなさいました？」

カルファスの問いかけにハッとしたように振り向いた紳士に、リセリアは見覚えがあった。フローランド国から派遣されている大使だ。

「ル、ルシオール侯爵。それにリセリア殿下。それが……、つ、妻が具合が悪いと言うので、客室で休ませてもらおうとしたのですが……」

なぜか大使の顔は青くなっている。

思わず顔を見合わせたカルファスとリセリアは、中に何かあるのかと大使の肩越しに部屋の中を覗き込んだ。

部屋付きの侍女の姿はない。けれど、人の気配はあって、何か奇妙な音が聞こえた。

「んっ……あっ、あっ、いいわ、そこ……」

「ああ、姫……。はぁ、くっ」

ギシギシと何かが軋む音と、くぐもった男女の声。

「一体何が……」

「いけません！」

音の発生源を確認しようと部屋の中に足を踏み入れかけたリセリアは、いきなり横にいたカルファスに抱き寄せられた。

「あなたが見る必要はない。あれはあなたの目に入れる価値のないものだ」

カルファスは何かを視界から隠すようにリセリアの顔を己の胸に押しつける。

おそらくカルファスはリセリアより先に音の正体と、誰がどのような状況で発しているのかに気づいたのだろう。それをリセリアに見せまいとしたのだ。けれどほんの少し遅かった。リセリアの目はベッドで全裸で抱き合う二人の姿を捉えてしまっていた。

マリアンナとリュシアン。リセリアの異母姉と婚約者が客室のベッドで淫らな行為に及んでいたのだ。

あまりの出来事にリセリアはカルファスの腕の中で呆然と立ち尽くす。

「なっ、使用中の札がかかっていたはず……」

「きゃああ!!　なんでこんなところにあなたがいるのよ！」

カルファスの声で行為に夢中になっていた二人はようやくリセリアたちの姿に気づいたようで、耳障りな悲鳴と狼狽《うろた》えたような声が聞こえた。その声にまじって、騒ぎを聞きつけたのか、複数の人間がこちらに向かって廊下を走ってくる足音がした。

——なんてこと……。

先ほど広間を出る時、リセリアは退出の挨拶をしようとリュシアンの姿を捜したが見つからなかった。マリアンナのことは気にしなかったが、確かに彼女の姿も広間にはなかったように思う。

——祝賀会の最中に抜け出してこんなところで……私やカルファスが近くにいることを知っていながら。

それはひどい裏切り行為だ。密会しているのは知っていたが、そこまで二人の仲が進んでいるとは思わなかった。そして二人の様子からして、裏切り行為は今まで何度も行われてきたに違いない。

カルファスの気持ちを思うとリセリアの胸は痛んだ。彼はマリアンナを大切にしていた。それはリセリアの耳にも入っていたし、マリアンナ本人も彼女の取り巻きも「マリアンナ王女は婚約者に愛されている」と自慢げに話していたほどだ。

——ああ、カルファスはどれほど傷ついているだろう。

「使用中の札などかかっていませんでしたよ。それよりも、一体お二人はそこで何をなさっているのです？」

頭上で押し殺したような低い声が響く。その声には明らかに怒りが滲んでいた。

「……ふん。見ての通りだ、カルファス。君の婚約者は君なんかより僕の方がいいと思っているわけだよ」

不貞が発覚してしまった衝撃が去ったのか、リュシアンが意外なほどふてぶてしい口調で答える。一方、マリアンナは金切り声をあげて「出ていきなさいよ！」と喚いている。

けれどそれに対するカルファスの反応はなかった。それより先に彼らの情事を見てしまった大使夫人があまりの衝撃にとうとうその場に倒れこんでしまったからだ。

「隣の客室付き侍女を呼んできてくれ！　夫人をそこへ運ぶ。あと医者を呼べ！」

「は、はい！」

カルファスが使用人に命じると、慌ただしい足音が去っていった。

「わたくしのせいじゃないわ！　わたくしは何も悪いことはしていないもの！」

マリアンナの耳障りな叫び声と、その声に何事かと人々が客室の入り口に集まってきている気配がした。

「しっかりしなさい、お前。ああ、なんということだろう。これはひどい醜聞《しゅうぶん》になるぞ」

カルファスの腕に包まれたまま立ち尽くしているリセリアの耳に、大使の言葉がやけに重く響いた。

＊＊＊

祝賀会の日から半月後。リセリアはエドモンドに呼び出されて彼の執務室にいた。驚いたことにそこにはカルファスの姿もあった。

何事かと目を丸くするリセリアに、エドモンドは思いもよらないことを告げる。

「え？　私がカルファスと……？」

エドモンドは婚約をすべて白紙に戻し、マリアンナとリュシアン、そしてカルファスとリセリアを新たに婚約させることになったと言ったのだ。

「そうだ。傷物になったことが皆に知られたマリアンナはリュシアン以外に嫁ぐことはできない。だったらこの際婚約者を入れ替えて君たちが結婚するのが一番収まりがいいということになってね。近々正式に国王陛下より命が下るだろう。被害者である君たちには申し訳ないが、マリアンナのせいで失墜した王家の信頼を今は少しでも回復させるために必要な処置だ」

あの夜に起きたマリアンナとリュシアンの情事はたちまち世間に広まった。リセリアとカルファスだけならまだしも、フローランド大使夫妻にも目撃され、さらに夫人が倒れたことで騒ぎが大きくなり大勢の人が集まってしまったために、箝口令《かんこうれい》をしくこともできなくなったのだ。

祝賀会のために諸外国から大勢の賓客を招いていたことが仇《あだ》となり、第三王女とリージェシー公爵家嫡男の醜聞は瞬く間に国内はおろか諸外国にまで広がった。

こうなると、もはや派閥のバランスを取るなどと言っていられない。国王と大臣たちは協議してリュシアンに責任を取らせる形でマリアンナの降嫁を決めた。

マリアンナを親フローランド派の家に嫁がせたくなかった第二王妃は「マリアンナはリュシアンに襲われただけだ」と主張したが、それが通ることはなかった。彼らが頻繁に密会を重ねていた事実が次々と明らかになり、あの夜のことも合意のもとの行為だったと判断されたからだ。

リセリアは知らなかったが、二人の関係は使用人の間ではすでに噂になっていたのだ。

──やっぱりあの図書館の時だけではなかったのね……。

カルファスを傷つけないように沈黙を選んだことを思いだし、リセリアは嘆息《たんそく》するしかなかった。あの夜、裸でまぐわう二人の姿を見ても、カルファスに驚いた様子はなかった。

きっと噂のことを知っていたに違いない。

「もちろん、あの二人の処遇はただ結婚させるだけじゃない。それだと示しがつかないからね。国王陛下が定めた婚約者がいながらこのような醜聞を起こした責任を取らせる必要がある」

けれどその罰は、驚くほど軽いものだった。処分の内容をエドモンドから聞いたカルファスが顔をしかめる。

「リージェシー公爵の領地の一つで一年間の蟄居《ちっきょ》とはずいぶん軽すぎやしませんか？　しかもリュシアンに伯爵位まで名乗ることを許すとは……」

「色々と事情があってね」

エドモンドは苦笑を浮かべ、「私だって本意じゃないんだ」と前置きしてから続けた。

「最初は十年間の蟄居だったんだが、第二王妃とファンデブルグ侯爵家、それにリージェシー公爵家からも減罰の嘆願があってな。条件付きで応じることになったんだ」

「条件付き？　一体どういう条件だったのです？」

リセリアが首を傾げる。とたんにエドモンドはにやりと笑った。

「リージェシー公爵家への条件は、次にリュシアンが問題を起こしたら廃嫡にして公爵自身も爵位を返上し隠居するというものだ。第二王妃とファンデブルグ侯爵家については第二王妃が監督不行き届きの責任を取って療養という名目で王宮を去るというもの。両者ともしぶい顔をしたが、よほど子どもが可愛いと見えて、これらの条件を呑んだ。近々第二王妃はこの宮殿を出ていくだろう。つまり私にとって目の上のたんこぶがなくなるということだ」

第二王妃がいなくなれば王宮における反フローランド派の影響力も薄くなる。エドモンドがどことなく機嫌がよさそうに見えるのも当然だろう。

「報告することはもう一つある。ちょうどいい機会なので、一か月後に行われる王宮主催の舞踏会で、リュシアンとマリアンナの結婚の件と、君たちの婚約を公表することになった」

「一か月後の……舞踏会でですか？　待ってお兄様。私、舞踏会には参加するつもりがなくて、何の準備もしていないのですが……」

思いもよらないことをいきなり言われ、リセリアは狼狽えながらエドモンドに訴える。するとエドモンドは悪戯っぽく笑った。

「大丈夫。もうだいぶ前から第三王妃様が君の晴れの日のためにドレスを準備していたから。サイズの調整があるが、それもギリギリ間に合うだろうということだ」

「お母様がドレスを？　晴れの日とはどういう……」

「君の本来の姿を公にする時が来たということさ。第三王妃様だってなにも好きで君の容姿を隠したかったわけじゃない。いつかこんな日が来るだろうと前々から準備なさっていた。君たちの婚約を発表する舞踏会ならこの上なく最高の舞台だ。リセリア、もう姿を隠さなくていい。君たちが哀れな被害者ではないことを、リュシアンとマリアンナの、いや、皆の前で示してやれ」

「え？　こ、この変装を解けということですか？」

リセリアはニヤニヤ笑っているエドモンドをぎょっとして見つめる。突然公の場に素顔で出ろと言われて、困惑すると同時に恐ろしくなった。この変装はリセリアの容姿を隠すと同時に、彼女にとっては心を守ってくれる頑丈な盾でもあったのだ。

「そうだ。第二王妃がいなくなれば、もう変装している理由もないだろう？　マリアンナもどうせすぐに王宮を出て蟄居先に向かう。もうそろそろ眼鏡を外してもいい頃だと思わないか？　そうだろう、カルファス？」

なぜかエドモンドはリセリアの隣に立っているカルファスに尋ねる。カルファスは眉を寄せていたが、諦めたように小さな息を吐いた。

「そうですね。私との婚約が発表された後ならば余計な虫がつくこともないでしょう。いえ、虫が寄ってきても排除しますが」

「……相変わらず独占欲の強い男だ。リセリアも苦労するだろうな」

なぜか今度はエドモンドがため息をつく。自分の名前が挙がったが、やり取りの意味がまったく理解できず、リセリアは戸惑ったようにカルファスとエドモンドを交互に見つめた。そんなリセリアにエドモンドは生温い笑みを送る。

「そのうちわかるさ。ともかく、私とカルファスを信じて任せて欲しい。さて、これからは忙しくなるぞ。さっそく準備に入ってくれ！」

カルファスと一緒にエドモンドの執務室を出たリセリアはまだ混乱していた。素顔を隠す必要はないと言われたこともそうだが、それ以前にカルファスと結婚できるという事実がまだ信じられなかった。

けれどこれは紛れもなく現実だ。

――私とカルファスが婚約？　夢みたい。でも……カルファスは私なんかでいいのかしら？

舞い上がりそうになる気持ちを抑えながら、リセリアはカルファスを見上げた。

「あの、カルファス？　あなたは私が結婚相手で構わないのですか？」

エドモンドは王命だと言った。あの様子ではカルファスに断る余地はない。けれど、いきなり婚約者を鞍替《くらが》えしろと言われてすぐに納得できるものだろうか。

ところがカルファスは真面目な口調であっさりと言った。

「もちろんです。私はすでに十年以上も前にリセリア様を、命をかけてお守りすると騎士の誓いを立てた身です。それが公に叶う立場になれるのです。何の否やがありましょうか」

「で、でも、私はお姉様のように社交的ではないし、それに……その……」

言うか言うまいか迷った揚げ句、リセリアは口にした。

「あなたはお姉様を婚約者としてとても大切にしていました。それなのに、お姉様はあなたを裏切って……。そう簡単に気持ちが収まるとは思えません」

「……何か誤解があるようですね」

カルファスは小さく呟くと、リセリアの手を取った。

「私はマリアンナ殿下に何の気持ちも抱いておりません。単に婚約者としての義務を果たしていただけなのです。マリアンナ殿下に騎士の誓いを立てたことはありません」

――カルファスはお姉様に惹かれていたわけではない……ということ？　婚約者になったから、義務として大切にしていただけ……？

安堵したのもつかの間、リセリアは突然冷や水を浴びせられたような気がした。浮ついた心が急速に萎んでいく。

――私との婚約も同じだわ。王命で押しつけられた婚約者なのはお姉様も私も同じ……。

思わず俯くと、それをどう思ったのかカルファスがリセリアの手をぎゅっと握った。

「リセリア様。私はリュシアンのように女性が喜びそうな気の利いた言葉は言えません。そのことでマリアンナ殿下にも堅物だとか面白みがないということを何度も言われました。こんな私がリセリア様の夫になるのは不本意かもしれませんが……」

リセリアは弾かれたように顔をあげた。堅物？　面白みがない？

「お姉様がそんなことを？　ひどい。カルファスは口先だけで中身のなかったリュシアンとは違うわ。私が知っている中で一番誠実で素敵な男性なのに！」

「ありがとうございます。リセリア様にそう言っていただけるだけで十分です」

カルファスはにっこりと笑うと、リセリアの手の甲にキスを落とした。

「こんな私ですが、リセリア様、妻として私の隣に立っていただけますか？」

恋した男性に請われて断る女性がいるだろうか。たとえそれが義務感から出た言葉であっても、リセリアには抗えなかった。

「……はい」

頬を真っ赤に染めて頷く。すると、カルファスが嬉しそうに笑った。

「ありがとうございます。リセリア様の夫として恥じぬように努力します」

「そんな、カルファス。私の方こそ……」

リセリアはカルファスの手をぎゅっと握り返しながら決心した。

――カルファスの隣に立つのに相応しい女性になりたい。いえ、ならないといけないわ。

素顔を隠さないでいいというエドモンドの言葉に喜びより先に怖じ気づいてしまったのは、きっとリセリア自身が第二王妃やマリアンナを理由にして人と向き合うことから逃げていたためだろう。

――でも、もう逃げるのはやめにしなければ。

一か月後に開催される王宮舞踏会。そこでカルファスとリセリアの婚約発表が行われることになっている。人々は同情とともに婚約者を寝取られたリセリアたちに憐れみの目を向けてくるだろう。惨めな被害者ではないことを示さなければならない。

――『残念姫』はその日を境に消えるのだ。

＊＊＊

それから一か月後。リセリアは再び、父王の在位三十周年の祝賀会が行われた場所にいた。

黒い礼服を身に纏ったカルファスにエスコートされながら、赤い絨毯の上を歩いていく。

集まった人々は入場前に名前が呼ばれたにもかかわらず、ルシオール侯爵カルファスに手を取られて広間に入ってきた女性が誰なのか、まったくわからないようだった。

けれども女性が確かにリセリアだとわかると、最初は驚きの声が、そして次第に感嘆の声がさざ波のように広がっていった。

リセリアが纏っている薄紫のドレスは襟ぐりの開き方こそ控えめだが、袖にも裾にも繊細なレースがふんだんに使われており、彼女の若々しい肢体を上品かつ華やかに彩っていた。ふわりと広がったスカート部分には幾重にもドレープが重ねられ、細い腰を強調するようなデザインになっている。第三王妃が娘の晴れの日のためにと用意し、一か月もの間針子たちが総力をあげて仕上げた、とても美しいドレスだった。

けれど、見事なドレスよりも人々の視線を集めたのは、それを身に着けている者の輝くような美貌だった。国王譲りの翠色の瞳に形のよい眉と唇。細い鼻梁を中心に左右対称に配置されたパーツは一つひとつが一流の芸術品のように整っている。

結い上げられたチョコレート色の髪には、水色の宝石がちりばめられた金細工の髪飾りが輝いていた。以前は重く垂れ下がり、目を覆い隠していた前髪は、綺麗に整えられて小さな額にふわりとかかり、よりいっそう彼女の可憐さを強調するような髪型になっている。

リセリアは穏やかな微笑をたたえながら堂々と人々の前を進んだ。緊張はしていたが、素顔を晒すことへの不安はなかった。

『私が想像していたよりもずっと美しく成長なされましたね。とても誇らしいです』

今日の装いを見たカルファスが開口一番に発した言葉が、リセリアに勇気と自信を与えていた。

——何があっても大丈夫。カルファスが隣にいてくれるもの。

リセリアはカルファスを見上げて輝くような笑顔を浮かべた。

＊＊＊

招待客の視線を独占しながら広間の中央で踊るリセリアとカルファスを、険しい目で見つめる男女がいた。リュシアンとマリアンナだ。

二人はほとんど注目を浴びることなく、隅《すみ》に放置されている。もっともこれは彼らが起こした醜聞のせいで遠巻きにされているのだが、二人は気づかなかった。いや、気にも留めなかったと言うのが正しいだろう。

「なんなの、あの子。このわたくしをバカにして！」

マリアンナは腹立たしげに唇を噛みしめる。

人々の注目と賞賛を浴びて今日の主役になるのは自分たちのはずだった。そうすれば何もかも元通りになるはずだったのに。

第二王妃がマリアンナの醜聞の責任を取る形で王宮を出て以降、取り巻きの数は激減し、自分を崇拝していたはずの男性たちの足も遠のいていた。反フローランド派の影響力が著しく低下し、今まで支持してくれていた貴族たちがどんどん離れていっているのだ。だが、マリアンナはそれを自分のせいだとは思っていなかった。彼女にしたら、一年間田舎暮らしをすれば許される程度のことだという認識だったのだ。

そのためマリアンナは、自分たちが愛によって結ばれたこと、かつての婚約者が自分に値しなかったこと、争い合う派閥の懸け橋になれること、そして二人の間に生まれた子どもは王座も狙えるということを示せば、簡単に人々は戻って来るだろうと考えていた。

けれど蓋《ふた》を開けてみれば、自分たちに捨てられて惨めな立場のはずのリセリアとカルファスが人々の賞賛を集めている。地味で『残念姫』だったはずの異母妹が腹立たしいほど美しくなって注目されている。父王や異母兄の王太子も、第一王妃もリセリアばかりを褒め称え、マリアンナたちには見向きもしない。

「許せない。許せない……！」

呟くマリアンナの言葉は怨嗟《えんさ》に満ちていた。

一方、リュシアンの視線はリセリアではなく、彼女の笑顔に応えるように微笑むカルファスの顔に注がれていた。

「……ねぇ、姫。彼らに僕たちの屈辱をそのまま味わわせてやらないかい？」

煽《あお》るようにマリアンナに囁《ささや》くリュシアンの口元は歪んでいた。

＊＊＊

「図書館に来るのも久しぶりね」

リセリアは、半年後に行われる結婚式の準備のために忙しい日々を過ごしていた。なかなか図書館に行く時間をねん出できなかったために、ここに来るのは実に一か月ぶりだ。

「しばらく本を読んでいるから、あとはお願いね」

護衛騎士のリーグとマルフォに声をかけてリセリアは本を手にいつもの読書室に入っていく。

――そういえば寝る時以外一人になるのも久しぶりだわ。ここ最近はいつだって侍女たちに囲まれて、ドレスの生地を選んだり、ドレス職人とかと打ち合わせをしたりしていたから。

王族の結婚ともなれば準備に一年どころか数年かかるのが普通だが、マリアンナたちの醜聞のせいですっかり低下した王家の求心力を回復させるため、リセリアの結婚式はできるだけ早く行われることに決まったのだ。

やらなければならないことも多く、なかなかカルファスとゆっくり過ごすこともできないでいる。カルファスの方もルシオール侯爵家にリセリアを迎える準備と並行して騎士団長としての仕事も行っているので、いつになく忙しいようだ。そんな中でも少しでも時間があるとリセリアのもとを訪れてくれる。

——きっとカルファスは義務で来てくれているのでしょうけれど、会えるのは嬉しい。

リセリアはもう地味に装うことはやめていた。館の外を歩く時も素顔で、明るいドレスを身に着けている。第二王妃の影響力がなくなったせいもあるだろう。『残念姫』などと陰口を叩かれることもなくなっていた。

——そういえば、マリアンナお姉様はどうしているのかしら？　素顔を隠していたことで何か言ってくるかと思っていたけれど、音沙汰がないわ……。

マリアンナとリュシアンは蟄居先の準備が整っていないということで、まだ王宮内に留まっているようだ。領地に行ってしまえば一年間は王都に戻ってこられないので、取り巻きを呼んで派手に遊んでいるかと思えば、そういう気配もないらしい。

大人しくしているような性格ではないだけに、リセリアはマリアンナの沈黙を不気味に思っていた。

——今度お兄様に確認してみましょう。

そう思いながら椅子に腰を下ろして本を開く。するとたちまち本の世界に引き込まれていき、マリアンナのことは頭から抜け落ちていった。

それからどのくらい経っただろうか。持ってきた本を半分まで読み終えた時、ふと読書室の外で何か人の声が聞こえた気がしてリセリアは顔をあげた。どうしたのかと入り口に視線を向けた直後、突然に扉が開いた。

姿を現した人物を見てリセリアは目を見開く。てっきり護衛騎士のリーグとマルフォかと思ったら、そこにいたのはリュシアンだったからだ。

「どうして……」

外で見張っていたはずのリーグとマルフォはどうしたのだろう。二人がいたならこの人を通すはずがないのに。

「やぁ、リセリア殿下、久しぶりですね」

リュシアンは微笑を浮かべ、朗らかな声で挨拶をしながら近づいてくる。いつもの通りの優男ぶりだが、リセリアは椅子から立ち上がるとリュシアンから距離を取った。彼の様子に嫌な予感を覚えたからだ。

――表面上はいつもと変わらないのに。どうしてかしら、なんだかとてもおかしい。

「なぜ、ここへ？　私に何の用です？」

マリアンナたちの情事が発覚したあの夜以降、リセリアはリュシアンと顔を合わせたことはない。リージェシー公爵家からは正式な謝罪があったが、リュシアン自身がリセリアを訪ねて直接説明をしたり謝罪の言葉を告げることはなかった。それなのに今さら一体何の用なのだろうか。

リュシアンはリセリアの問いかけを一切無視し、彼女の顔をしげしげと見ながら笑った。

「いや、しかし騙《だま》されましたね。美しくもないし面白みもない王女様だと思っていたのに、これほどの美貌を隠していたとは。いやはやびっくりですよ」

「……出ていって。あなたと話すことなど何もありません。リーグ！　マルフォ！　この人を追い出して！」

扉に向かってリセリアは声を張り上げる。けれど、扉の外からリセリアの護衛騎士たちが現れる気配はなかった。

「無駄です。彼らはマリアンナ王女たちが注意を引いてこの部屋から遠ざけていますからね」

マリアンナまでこの件に一枚噛んでいるのかと、リセリアはぐっと奥歯を噛みしめる。

嫌な汗が背筋を這うのを感じた。本能が警鐘を鳴らす。

「殿下に話すことはなくとも僕にはありますよ」

「来ないで！」

リセリアは近づいてくるリュシアンを避けようとじりじりと後ろに下がっていく。けれど、すぐに窓際まで追いつめられ、これ以上下がれなくなってしまった。

「っ、放して！」

腕を摑まれ、ぐいっと引き寄せられる。リセリアは暴れて必死で身体を引き離そうとしたが、かえって抵抗を封じるために抱きこまれるだけだった。

リュシアンはリセリアの顎《あご》を掬《すく》い上げると孔雀石のような瞳を覗き込んだ。リセリアは間近に見えるリュシアンの青い目が、顔に刻まれた表情とは裏腹に、まったく笑っていないことに気づいてゾッとした。

「本当に見事に騙されました。あなたがカルファスの本命だったとは。婚約者のマリアンナ王女を大切にしているというのはカモフラージュだったわけだ。失敗したよ。あんな我儘王女になど粉《こな》をかけずにあなたをあのまま僕のものにしてしまえば、あいつに対する最高の嫌がらせになったのに」

「リュシアン、あなた……」

今のセリフは、まるでカルファスの婚約者だからこそマリアンナとああいう関係になったとでも言っているようではないか。

「もしかしてあなたがお姉様に声をかけたのは……」

リュシアンは嘲《あざけ》るように笑った。

「ああ、もちろん。あいつの婚約者だったからですよ。話には聞いていたがマリアンナ王女はずいぶん尻軽のようですね。簡単に僕の誘いに乗ってきました。あんな女を大事にしているあいつを憐れみながらの情事はとても楽しかった。もっともそれは大いなる間違いだったわけだが……」

――こんなふうに笑う人だったかしら？

リセリアの知るリュシアンは、いつも笑みを浮かべて軽口か口説き文句しか言わないような軽薄という言葉がぴったりの人物だった。少なくとも個人に対してこんな感情をむき出しにするような人ではなかった。

「どうして？　なぜカルファスをそんなに……」

近衛騎士団長であるカルファスと外務大臣の補佐官をしているリュシアンに仕事上の接点はほとんどない。派閥も違う。カルファスは中立派でリュシアンの家は親フローランド派の筆頭なので、交流を持つこともほぼないはずだ。それなのに、なぜこれほどリュシアンはカルファスに悪意を持っているのだろう。

「それは、あいつが僕のいるべき場所を、立場を、そして将来を奪ったからですよ。王太子殿下の幼馴染み、将来の側近という立場は本来僕に与えられる栄誉だったはずなのに」

「カルファスが……それを奪ったと？　でもそれはお兄様の意思で……」

「第一王妃様を支えてきたのは親フローランド派のリージェシー公爵家ですよ。ならば、王太子殿下の側近に一番相応しいのは僕であるべきだ。なのに、王太子殿下は僕を遠ざけ、中立派のあいつを選んだ！　あいつが僕のいるべき立場を奪ったんだ！」

「痛っ……」

言いながらどんどん興奮してきたのか、リセリアの顎を掴むリュシアンの手に力が入った。けれどそれすらリュシアン本人は気づいていないようだった。

「だから僕はあいつから一番大切なものを奪ってやると決めた。それがあなただ。舞踏会であなたと踊っていたあいつを見てすぐにわかった。あなたがあいつの弱点だと。……ねぇ、姫。あられもない姿で僕に抱かれるあなたを見て、一体あいつはどんな顔をするだろうね？」

リュシアンはニタリと笑いながら顎を押さえていた手をそのまま下に滑らせ、リセリアのドレスの襟ぐりをぐっと掴む。彼の狙いが自分の純潔であることにようやく気づいたリセリアは悲鳴をあげた。

「やめて！」

「そこまでだ。今すぐその手を放せ、リュシアン」

不意に、静かな、それでいて鋭い声が轟いた。リセリアがハッとなって声の方向に向いた時にはすべて終わっていた。

「っ……、な……!?」

突然の声に驚いたリュシアンは振り返り――自分の首元にぴたりと当てられた鋭い剣先と、その持ち主であるカルファスに気づいて目を見開く。

「リセリア様に触れるな。下種《げす》が」

冷ややかな水色の目がリュシアンを見据えていた。

「カルファス……！」

リセリアが驚きと安堵のまじった目を向けると、カルファスの目がふっと和んだ。

「もう大丈夫です。リセリア様」

「……これはこれは騎士団長殿じゃないか」

カルファスの登場に一瞬動揺したリュシアンだったが、すぐに気を取り直したようで、リセリアから手を離しながらバカにしたように鼻で笑った。

「元婚約者のリセリア殿下と積もる話をしていただけだ。それなのにリージェシー公爵家の嫡男である僕に剣を向けるなんて許されると思っているのかい？」

「許されるさ。お前はすでにリージェシー公爵家の後継者じゃないからな」

リュシアンの言葉に応えたのはカルファスではなかった。いつの間にか入り口に立っていたエドモンドだ。

まさかエドモンドまでいるとは思わなかったのだろう。あるいはそのエドモンドから思いもよらないことを聞いたせいなのか、リュシアンはひどく狼狽《ろうばい》した。

「エ、エドモンド王太子殿下。そ、それは一体どういうことです？」

「言葉の通りだ。今日この日をもってお前はリージェシー公爵家の後継者ではなくなった。マリアンナも同様だ。王籍から抜かれてお前ともども生涯幽閉されることが、すでに決まっ、いっ、いる」

「なっ……そんなバカな。父上が僕を放逐《ほうちく》するわけが……」

青ざめるリュシアンにエドモンドは獰猛《どうもう》な笑みを向けた。

「もちろんリージェシー公爵にも十分罪を償ってもらうさ。しかし、お前たちときたら顔だけが取り柄の能無しだと思っていたが、考えていた以上にバカだったな。途中で思いとどまり大人しく蟄居先に行っていればこの先もあっただろうに。……連れて行け」

エドモンドが命じると、扉から騎士が何人も入ってきてリュシアンを捕縛した。その間、リュシアンはほとんど抵抗しなかった。リージェシー公爵家に見限られたことがよほどショックだったのか、騎士たちに囲まれながら茫然自失といった様子で連れ出されていった。

カルファスはその間もリセリアを背に庇《かば》いながら油断なく剣を構えていたが、リュシアンの姿が見えなくなると、ようやく緊張を解いた。

「お怪我はありませんか、リセリア様？」

「だ、大丈夫。助けにきてくれてありがとう、カルファス」

リセリアは感謝と抑えきれない思慕の色を言葉に乗せてカルファスを見上げた。カルファスは思わずといったようにリセリアを抱き寄せると、安堵の息を吐く。

「リセリア様……ご無事でよかった」

「カルファス……」

「怖い思いをさせてすまなかったな、リセリア」

騎士の一人に何事かを指示したエドモンドが、リセリアの傍に来て頭を撫《な》でた。

「マリアンナとその侍女の身柄もすでにリーグとマルフォが押さえている。金切り声でさんざん喚いていたが、言い逃れはできない。庇う人間ももういない。

エドモンドによると、彼らの計画はリセリアが一人になった隙をつき、リュシアンが襲って純潔を奪い、その現場を戻ってきたマリアンナたちが発見しておおごとにするというものだったらしい。

男に襲われたことが公になればリセリアの名誉は激しく傷つけられる。マリアンナは自分が受けた屈辱をリセリアにそっくりそのまま返したかったようだ。

「だが、君はこの一か月の間、結婚式の準備のこともあっていつも侍女たちに囲まれていて、なかなか一人にはならなかっただろう？　襲う機会を窺って蟄居先への出発を遅らせるのもそろそろ限界になった時に、たまたま君が図書館に行くと知って慌てて計画を実行したというわけだ」

そして彼らの襲撃計画を予想していたエドモンドとカルファスは、これを機に二人を排除するために陰で動いていたのだという。リーグとマルフォが持ち場を離れたのも、マリアンナたちの策略にはまったと見せかけて捕縛しろという命令を受けていたからだった。

「これでもう君に危険が及ぶことはない。それに、この事件をきっかけにどちらの派閥も解散させることができるだろうから、ずいぶん風通しもよくなるだろう。これも君たちのおかげだ」

それからエドモンドは片目をつぶって悪戯っぽく笑いながら続けた。

「リセリアにも、協力してくれたカルファスにも褒美をやらないといけないな。カルファス、私の館の一番豪華な客室を今日だけ貸してやろう。図書館から一番近いからちょうどいいだろう。父上や第三王妃様にはあとで私が取り成しておく。リセリアと二人でゆっくり休むといい」

「え？　あの、それはどういう……」

意味がわからず戸惑うリセリアとは対照的に、カルファスはにっこりと笑って明るく返事をした。

「ありがとうございます。王太子殿下。その褒美、謹んで受け取らせていただきます。さぁ、リセリア様。行きましょう」

「え？　あ、はい……？」

「……我慢させたからなぁ。これはリセリアの明日のスケジュールも調整する必要がありそうだな」

困惑しながらもカルファスに促されるまま読書室を出ていくリセリアの耳には、エドモンドが呟いた言葉が届くことはなかった。

図書館を出たカルファスは、リセリアを連れて回廊を進み、そのまま王太子の居館に入っていった。どこからともなく現れた執事の案内で、豪華な客室に案内される。けれど、執事はすぐ部屋から出ていってしまった。

「あ、あの、カルファス、どうしてここに……？」

部屋の真ん中に鎮座している大きな天蓋付きのベッドを見やり、リセリアはそわそわしながら尋ねる。いくら初心《うぶ》なリセリアとはいえ、ベッドのある部屋に男女二人きりでいることの意味がまったく理解できないわけではない。

けれど突然の展開にリセリアの心はついていけなかった。

「王太子殿下も言っていたでしょう？　大変な思いをしたので、ゆっくり休んでいただこうと思いまして」

言いながらカルファスはリセリアをベッドに導いていく。けれど、彼はリセリアをベッドの端に座らせると、思いもよらない行動に出た。彼女の前に跪いて頭を深く下げたのだ。

「カルファス……？」

「まずはお詫びを。私と王太子殿下はあなたをリュシアンへの囮《おとり》にしました。必要なことだったとはいえ、怖い思いをさせてしまって申し訳ありませんでした」

「囮……」

確かにリセリアは囮だったのだろう。何も知らされないで、二人をおびき寄せるための餌にされたのだ。カルファスが助けにきたのも、エドモンドが騎士を連れてタイミングよく現れたのも、あらかじめリュシアンたちがリセリアを襲うことがわかっていたから。言い換えれば、彼らはリセリアが襲われる計画を最初から知っていながら未然に防ぐことをせず、罪を犯させたのだ。おそらくはリージェシー公爵家……いや、親フローランド派の力を削ぐために。

けれど、そう理解しても怒りも悲しみも湧いてこなかった。

「顔をあげて、カルファス。私は怒っていないわ。だってあなたとお兄様にはそうする必要があったのでしょう？　私は無事だったのだし、気にしないわ。むしろお兄様たちの役に立てたことが嬉しいくらいよ」

笑顔で告げるリセリアの翠色の瞳は、カルファスやエドモンドたちへの信頼にキラキラと輝いていた。ところが、顔をあげてその微笑を目の当たりにしたカルファスは何を思ったのか、くしゃりと顔を歪めた。

「……リセリア様は物わかりが良すぎます。その上優しすぎる。……でもそんなあなただからこそ、私は慕わずにはいられない」

カルファスはリセリアの手を取ると、自分の額に押し当てて言った。

「愛しています、リセリア様。ずっと昔から」

「え……？」

「この想いに気づいたのはあなたの護衛騎士を外されてからです。私以外の男があなたの傍にいることが気に食わなくて、腹立たしくて、ようやく自分の想いに気づかされました。誰よりも何よりもあなたを愛しています。この先ずっとあなたを守るのは私でありたい。いや、私だけでありたい」

独占欲が滲む声音に、リセリアはようやく自分が愛の告白をされていることに思い至り、一気に頬に熱が集まるのを感じた。

嬉しさと戸惑い。信じられないけれど、信じたい。そんな相反する想いがリセリアの中で交錯する。

「ま、待って。だって今までそんなそぶりは……」

そうだ。カルファスは優しくていつもリセリアを気遣ってくれていたが、それはあくまで王女とその護衛騎士、あるいは騎士を束ねる団長としてだ。カルファスは決してその枠を越えることはなかった。

「それは当然です。リュシアンに興味を持たれるわけにはいきませんでしたから」

突然飛び出したリュシアンの名前に、リセリアは彼が読書室で言っていたことを思いだし、眉を寄せた。

「リュシアンはあなたがお兄様の幼馴染みの……いえ、側近の座を奪われたと言っていたわ。それで恨んでいると……」

　とたんにカルファスの顔に苦笑めいたものが浮かんだ。

「恨んでいるのは確かでしょう。彼は私への敵意を隠そうともしませんでしたから。ですが、私はリュシアンから殿下の側近になる立場を奪ったわけではありません」

「選ぶのはお兄様ですものね……」

　リュシアンに話を聞いて違和感を覚えたのがそのことだった。誰を友として傍に置くのか。それを選ぶ権利があるのはエドモンド本人だけだ。カルファスは選ばれた。一方、リュシアンは選ばれなかった。ただそれだけのことだ。

「はい。まだ十二歳になるかならないかくらいの歳でしたが、その当時もリュシアンは親フローランド派の筆頭の家柄であること、公爵家の跡継ぎであることをひけらかしていましたから。それが殿下の癇《かん》に障ったのでしょう」

「リュシアンはお兄様のことを少しもわかっていなかったのね……」

　エドモンドは派閥を嫌っている。彼らが政治や外交のことだけでなく、王家のことについても口出ししてくるのをよく思っていないのだ。それは彼と話をすればすぐにわかることだ。リュシアンはそのことに少しも気づかず、身分をひけらかすようなことを口にしたのだろう。エドモンドが選ばなかったのも当然だ。

「きっとリュシアンは最後まで理解できなかったのでしょう。親フローランド派の自分が選ばれずに中立派の私が選ばれたことに腹を立て、歳月を重ねるにつれ私に恨みを募らせているようでした」

これはリセリアの想像でしかないが、エドモンドの側近に選ばれなかったことは、公爵家の一人息子として甘やかされて育ったリュシアンにとって生まれて初めて味わった挫折と屈辱だったのではないだろうか。

彼らが同じ歳で、周囲から比べられる立場だったのもよくなかった。カルファスが近衛騎士団に入ってめきめき頭角を現し、騎士団長にまで出世したのに比べて、リュシアンは父親の力で外務大臣の補佐官になったはいいものの、これといって手柄もなくずっとくすぶったままだった。

開いていくカルファスとの差に、リュシアンはますます恨みを募らせていったであろうことは想像に難くない。

「私、リュシアンがあなたを恨んでいたなんて少しも気づかなかったわ……」

リセリアはリュシアンと話す機会があっても世間話に終始していて、個人的なことは何も聞かなかった。最初に顔を合わせた時に、リュシアンが自分にまったく興味がないことがわかってしまったために、彼を知ることを放棄してしまったのだ。

――もし彼を知ろうと努力をしていたら、何か違っていたかしら？

今となってはわからない。リュシアンとの未来など今のリセリアには考えられないからだ。

「リセリア様が知らないのも無理はありません。私が侯爵家の跡取りとして社交界に顔を出すようになるまで、リュシアンとはほとんど接点がありませんでしたから。私も子どもの頃の恨みを今も抱いているとは思っていませんでした」

カルファスによれば、社交界に顔を出すようになって、リュシアンの抱える悪意が表面化するようになったということだ。リュシアンはカルファスが義理で踊った相手や、彼の妻になりたいと語る令嬢に声をかけ、時に権力を行使して手に入れてはもてあそんで捨てるという行為を繰り返した。表沙汰にならなかったのは、リュシアンの父親であるリージェシー公爵がもみ消していたからだ。

「そんな状況で私がリセリア様の護衛騎士を続けることは危険でした。マリアンナ殿下のことがなくても、私はきっと護衛騎士を外されていたことでしょう。その後も私はリセリア様への気持ちを表に出すことを禁じてきました。あなたにリュシアンの興味を向けたくなかったから。なのに……」

ムスッとカルファスの口が引き結ばれる。

「リュシアンがあなたの婚約者に選ばれたと聞いた時は腸《はらわた》が煮えくり返るかと思いました。

ですが、陛下の決定には逆らえない。私にできたのはあいつがあなたに興味を向けないように、マリアンナ殿下に気があるふりをして目を引くことだけでした」

「え？　まさか、あなたがお姉様を大切にしていたのは……」

啞然としてカルファスを見つめると、彼は肯定するかのように口元を緩めた。

「目論み通りになりました。おかげであいつはあなたの素顔に気づくこともなく、マリアンナ殿下に目を向けました。ええ、そうです。わざと仕向けたんです。私とあなたの不本意な婚約を壊せるきっかけになるかと思って」

「まぁ……」

驚くやら呆れるやら。リセリアは思ってもみなかった裏事情に呆然とするしかなかった。けれど、カルファスのやってきたことを知っていくにつれ、彼の想いの深さに、嬉しさが込み上げてくるのを感じた。

――ああ、本当にカルファスは私を思ってくれていたのだわ。

「さて、話はここまでにしましょう。リュシアンもマリアンナ殿下ももう二度とあなたを煩わせることはありません。外で見張っていますから、安心してお休みください」

言いながら、カルファスは立ち上がる。リセリアは驚いたようにカルファスを見上げた。てっきりこのまま二人きりで過ごすのかと思っていたのだ。少なくともエドモンドはそのつもりで送り出したはずだ。

「……行ってしまうの？」

カルファスは微笑を浮かべると、リセリアの頬に触れた。

「確かに王太子殿下は二人きりで過ごす許可をくださいましたが、怖い思いをしたばかりのあなたを押し倒すことなどできません。あと半年くらい待てます。ここに連れてきたのは、あなたが周囲に気を使わないでゆっくり休めるようにです。私がいては休めないでしょう？」

「ま、待って。私はあなたにここにいて欲しいの」

リセリアは離れていくカルファスの手をとっさに掴んで引きとめた。

傍にいて欲しかった。怖いことなど何もない。カルファスの腕の中がリセリアにとって一番安心できる場所だからだ。

ありったけの勇気をかき集め、リセリアはカルファスに向かって手を差し伸べた。

「行かないでカルファス。傍にいて。朝までずっと」

「……その言葉、後悔しないでくださいね、私の姫君」

恭《うやうや》しい仕草で手を取るカルファスの口元が弧を描くのを、リセリアはうっとりと見つめた。

豪華な天蓋付きのベッドの上で、一糸纏わぬリセリアの肢体が躍る。

「あっ……っ、や、あ……んんっ」

柔らかな日差しの差し込む客室には、リセリアの喘ぎ声と粘着質な水音が響いていた。大きく開かれた彼女の両脚の間には太くて大きなカルファスの指が三本も差し込まれており、ぬちゃぬちゃといやらしい音を立てて出入りしている。そのたびにリセリアの濡れた唇からは籠もった声が漏れ、身体がゆらゆらと揺らめいた。

「っ、あ、はぁ……ん……カル、ファス、お願い、もう……」

リセリアは、涙の膜が張った翠色の目を己を責めさいなむカルファスに向け、必死で懇願する。けれど、彼女の両脚の間にたくましい裸体を落ち着かせたカルファスは笑みを浮かべながら一蹴した。

「だめですよ、リセリア様。もっと感じてください。私のことしか考えられなくなるまで」

「ああっ、ん……！」

中に差し込まれた指がバラバラに動き、リセリアの敏感な部分を擦りあげた。お腹側のある一点がリセリアの弱い部分だとカルファスにはとっくに把握されており、先ほどから何度もいたぶられている。そのたびに背筋を快感が走り、リセリアの身体はビクンと跳ねた。

胎《はら》の奥から愛液が染み出し、カルファスの手を汚す。それを恥ずかしいと思う余裕すらリセリアは失っていた。

一体、あれからどのくらい経っただろう。

カルファスは焦らなかった。恥ずかしがるリセリアのドレスや下着にキスをして気を逸らせながら脱がせると、賞賛の言葉を口にしながら彼女の肢体をあますところなく手で触れた。リセリアの肌を這う手はやがてキスに代わり、全身をくまなく唇と舌で舐められる。普段自分ではほとんど触れたことがない秘密の部分まで。

その頃にはリセリアは息も絶え絶えで、初めての淫悦にただシーツを握り締めて身悶えながら耐えるしかなかった。

もちろんキスだけで終わるはずもない。今度は指が割れ目を押し開き、狭い蜜壺を探っていった。痛みと慣れない異物感に涙を浮かべるリセリアをキスでなだめながら、優しくも容赦ない指が彼女を追いつめていく。

『ここがリセリア様の気持ちがいい場所の一つです。ここを撫でられるととても感じるでしょう？』

腹側のざらざらした部分を指の腹で撫でられると、リセリアの身体は自分でも狼狽えてしまうほど激しい反応を示した。

『ああっ、なにか、変なの、カルファスっ』

『まずはイクことを覚えましょうね。リセリア様』

『ひゃっ……！　そこ、だめ……！』

何度も執拗に弱い部分をいたぶられ、リセリアは身体を痙攣《けいれん》させ、声をあげながら果てた。……いや、カルファスの言葉を借りるなら、イクということを覚えさせられた。

一度絶頂を味わった身体はいともたやすく快感を拾い上げる。その後も膣に挿入される指が増えるたびにリセリアは追いつめられ、幾度となく絶頂に達した。

いつしかリセリアはカルファスの指に翻弄《ほんろう》されて痛みと違和感を忘れ、ただひたすら快感に溺れるようになっていた。

——もう、何も考えられない。

何をされてもひたすら気持ちがいい。ぬちゃぬちゃと耳を犯す水音を恥ずかしがる余裕もなくなっていた。

「あっ、ん、あ、あ、あん、ン、また、イクッ……！」

茂みに隠されていた敏感な花芯を摘まれて、リセリアは何度目かの絶頂に達しようとしていた。

「いいですよ、何度でもイッてください。あなたの可愛らしくて淫らな顔を私に何度でも見せてください」

「あっ、あ、ああああ——！」

カルファスの言葉に背中を押されたように、リセリアの嬌声が部屋中に響き渡った。翠色の目を見開き、びくんびくんと大きく身体を震わせながら、リセリアの媚肉は差し込まれたカルファスの指を熱くぎゅっとと締めつける。そんな彼女の姿態を、熱の籠もった水色の目が見下ろしていた。

「ああっ、あ、んんっ……ぁ、はぁ、はぁ……」

「もうそろそろ大丈夫そうですね」

カルファスは荒い息を吐くリセリアの蜜口から指を引き抜くと、彼女の上に覆いかぶさった。リセリアの滲んだ視界いっぱいにカルファスの顔が映る。栓が抜かれてヒクつく蜜口に、指ではない何かが押し当てられた。

それが何なのか明確にはわからないまま、応えるように子宮が疼《うず》き、身体と本能が渇望を訴えてくる。

「リセリア様……私の姫。あなたの望みを言ってください。私はあなたの騎士です。どんな願いでも必ず叶えましょう」

――私の、望み。

ぼんやりした頭の隅で、隠していた想《ねが》いが露わになっていく。

いつだってリセリアは多くを望まないようにしてきた。中立派の王女として、第一王妃や第二王妃たちに気を使い、誰とも衝突せずに生きる。そしていつか王家の駒として言われたまま誰かに嫁ぐ。――それが第四王女リセリアに与えられた役目だったからだ。

だからこそ素顔を隠して生活するのも、『残念姫』として嘲笑されるのも、何一つ文句を言わずに受け入れてきた。

――でも、もういいのだろうか。望みを言っても構わないのだろうか。

リセリアは摑んでいたシーツから指を放し、震える手でカルファスの肩を摑んで引き寄せて、隠していた想いを口にする。

「カルファス。あなたが、欲しいの。傍にいて、離れないで。私を愛して。私のものになって。私を――あなたのものにして」

――私の望みは……いつだってあなたよ、カルファス。

「――はい、私の姫。あなたの望む通りに」

狭い蜜口を広げ、カルファスの熱い杭がリセリアを貫いていく。

「あ、あああ――――」

激しい痛みと共にリセリアの望みは叶えられ、彼女の純潔は愛する男に捧げられた。

「あっ、あ、んんっ、あ、あ……っ、カル、ファス、カルファス」

「くっ……リセリア様、リセリア……！」

「んっ、あ、そこっ、あ、だめっ、あああっ」

リセリアの口から幾度となく甘い悲鳴が零れる。その声に連動するように聞こえてくるのは、肌と肌がぶつかる音だ。

天蓋が下ろされたベッドでは、カルファスに組み敷かれたリセリアの華奢な身体が彼の動きに合わせて揺さぶられている。繋がり合った場所からは絶え間なく粘着質な音が響き、掻きだされた愛液が二人の下肢とシーツを汚していた。

カルファスに純潔を散らされてしばらくは痛みもあったが、さんざん指で解されていたからなのか、気遣うような腰の動きと肌を撫でる優しい感触に、いつの間にか消えていた。今ではカルファスの肉茎が膣襞を擦りあげるだけで快感が突き抜けるほどだ。

「ん、ぁ、あ、あ、っあ、またイクっ」

「っ、いくらでもっ、イッてください」

「やっ、イッているの、に。ああっ」

触れられている部分すべてが気持ちよくて、何も考えられない。奥を穿たれては絶頂に震え、緩急をつけて揺さぶられるたびに甘い悲鳴を響かせる。

「っ、狭いのに、とても熱くて、ああ、絞られそうだ」

リセリアの媚肉が震えて、カルファスの楔《くさび》を熱く締めつける。それを振り切るようにカルファスは剛直が抜けそうになるくらいまで腰を引いた。すると、リセリアの中が行かせないとばかりに蠢いて先端に絡みついた。絶妙な締めつけに喉の奥を震わせながら、再び一気に奥まで押し込むと、ぐじゅん、とリセリアの胎内の一番奥で籠もった水音がした。

「あっ、んんっ、は、あ、ぁあ、っ」

リセリアの身体が激しくわななく。その衝撃も収まらないうちにカルファスがリセリアの膝を掬い上げて肩にかけると、上から串刺しにするように、激しく奥を穿った。もはやカルファスの理性は剝《は》がれ落ち、純潔を失ったばかりのリセリアを気遣う余裕はなくなっている。

「リセリア様、リセリア様！」

「あっ、あっ、あ、は、んくぅ」

ずんずんと奥へと打ちつけられ、リセリアの喉から絶え間なく喘ぎ声が零れ落ちる。そろそろ限界が近いのだろう。歯を食いしばりながら腰を振るカルファスに、リセリアは翻弄されながらも懸命についていった。カルファスの重みも、彼の激しい責めも全身で受け止める。

その淫らで健気な様子にカルファスはいっそう肉杭を膨らませながら、腰を打ちつける。

「あっ、んんっ、は、あ、ぁあ、あ！」

「リセ、リア様っ、私のものだ。あなたは私のものだ……！」

独占欲の滲んだカルファスの声に子宮が疼いた。キュッと媚肉が蠢いて、射精を促すようにカルファスの肉茎に絡みついて絞りあげる。

「くっ……！　中で出します。受け止めてください。全部！」

ずんっと最奥まで入り込んだカルファスの楔が膨らみ、はじけ飛ぶ。胎内に広がる熱い飛沫の感触に、リセリアは急速に押しあげられて再び絶頂に達した。

「あ、あああああ！」

背中を反らし、腰を押しつけるようにリセリアは嬌声を響かせる。その間もカルファスはリセリアの中で断続的に白濁を放ち、下りてきていた子宮の中を子種で満たしていく。

リセリアは絶頂の余韻に身体を震わせながら恍惚《こうこつ》とした笑みを浮かべた。

──これでカルファスは私のものだわ。

彼女の唯一の望みが叶った。この先もずっとこの腕はリセリアだけのものだ。自分がカルファスのものであるように。

うちよせる幸福感にリセリアは浸《ひた》る。そこにカルファスの掠れた声が響いた。

「まだです。リセリア様、まだ足りません」

いつの間にか身体をひっくり返され、うつ伏せの姿勢でカルファスを受け入れていた。お尻を高くあげてシーツを握り締めながら、打ちつけてくる重みと甘い衝撃を受け止める。出したばかりだというのに、カルファスの楔はまだ硬さと熱を失っていなかった。

「あっ、あ、ん、カル、ファス、カルファス」

リセリアは、朦朧《もうろう》としながらもカルファスが満足するまで欲望のすべてを注ぎ込まれ続けた。

＊＊＊

疲れ果て、目を閉じて眠るリセリアの薄い腹を撫でながらカルファスは呟く。

「……最初から全部仕組まれていたのだと知ったら、あなたは怒るでしょうか」

口に出してから愚問だったことに思い至り、カルファスの口元に苦笑いが浮かんだ。

「いえ、あなたはきっと必要なことだったと受け入れてしまうのでしょう」

カルファスの大事な姫はいつだってそうだ。王女だというのに我儘一つ言わずに受け入れる。

マリアンナは論外とはいえ、第一王妃の産んだ王女たちだって、それなりに我儘を言って周囲を困らせていたというのに、リセリアはまったくそういうところがない。護衛騎士になってカルファスが最初に驚いたのがそのことだった。

第三王妃の教育方針だったのだろう。二つの派閥のバランスを保つために生まれた中立派の王女として、リセリアは自分を律するように厳しく育てられた。その結果、物わかりが良く、我儘一つ言わない大人しい王女が誕生した。

第一王妃、第二王妃、そして姉王女たちに遠慮してひっそりと王宮の片隅で生活をしているリセリアを見て、カルファスは派閥抗争の一番の犠牲になったのは、エドモンドではなくリセリアではないかと思った。

窮屈な王宮から出してあげたい、幸せに生きてもらいたい。そんなふうに同情から始まった気持ちは、いつしか自分が彼女に幸せになれる場所を与えてあげたいと思うものに変わっていった。

幸いカルファスは侯爵家の跡継ぎで、王女が降嫁するのに何も問題もない立場だった。そのため、爵位を継いで騎士団長にまで昇りつめた時に、エドモンドと国王にリセリアの降嫁を願い出たのだ。

けれど、それは叶えられなかった。リセリアの代わりにマリアンナをリージェシー公爵家に嫁がせるわけにはいかなかったからだ。派閥間のバランスを保つためにも中立派のリセリアが親フローランド派のリージェシー公爵家に降嫁するのがもっとも都合がいいというのは、カルファスにもわかっていた。けれど、承知できるはずもない。

そして国王とエドモンドも、みすみすリージェシー公爵家にリセリアを降嫁させる気はなかった。

長い間、王族にとって貴族の派閥は目の上のたんこぶだった。国力の低下を恐れて容認したものの、いつか派閥の力を削いで解散させたいと考えていた。だが簡単ではない。どちらかに加担して一方が潰されてしまえば、もう片方の派閥の力が強くなり、今の王族では抑えることが難しくなるからだ。同時に二つの勢力を抑え込むことが必要だった。そのため、国王は派閥間のバランスを保ちながらずっとその機会を窺っていたのだ。

幸い、フローランド王女の第一王妃が産んだエドモンドが国王に就けば、反フローランド派は放っておいても力を失っていく。問題は親フローランド派とリージェシー公爵家だ。

彼らは第一王妃の後見人を気取り、エドモンドが王太子になったことで勢力を増していた。そこに王女が降嫁することになれば、ますます手がつけられなくなっていくだろう。

そこで国王とエドモンドとカルファスは二つの派閥の力を同時に削ぐ計画を立てた。それがリュシアンとリセリア、カルファスとマリアンナの婚約だ。リュシアンとマリアンナにそれぞれの婚約者を裏切らせて醜聞にすることで、各派閥に揺さぶりをかける。そういう計画だった。

そう。最初からあの二つの婚約は壊されるのが前提だったのだ。だからこそカルファスはマリアンナとの婚約を承諾したのだ。

一時期マリアンナの護衛騎士をしていた経験から、カルファスは彼女がどうすれば嫌がるのか正確に把握していた。婚約者として頻繁にマリアンナのもとへ通って彼女を大切にしていると評判を立てる一方で、生活態度や取り巻きの男たちへの接し方について事細かく注意をし、結婚したらさぞかし窮屈な生活になるだろうと思わせた。

辟易したマリアンナがリュシアンの誘惑に簡単に落ちてしまったのも、無理はないだろう。計画はうまくいき、リュシアンとマリアンナは密会するようになった。宮殿内で逢瀬を重ねるだけではなく、夜会に繰り出しては二人で抜け出して情事にふけった。

当然、彼らのことは噂になり、両派閥が陰で慌てふためいているとの報告を受けて、エドモンドと二人で大いに笑ったものだ。リュシアンもマリアンナも周囲の諫める言葉など聞くような性格ではない。反発するようにますます密会の回数が増えていった。

あとはこれを公の場で暴露して醜聞にするだけ。日頃から外交に口出ししてくるリージェシー公爵にいい思いを抱いていなかったフローランド大使に協力をしてもらい、祝賀会で彼らの情事が発覚するように仕向けた。

あの場にリセリアが居合わせたのは偶然だったが、滞りなく計画通りに事は進んだ。あとは二人が自滅するのを待つだけだった。

リュシアンとマリアンナは自分たちが崖《がけ》っぷちに立っていたことに気づいていなかったのだろう。王命に逆らい、婚約者を裏切ったことは簡単に許された。だからリセリアを襲っても軽い罪ですむだろうと甘く見ていたのだ。

――愚かで、哀れな連中だ。

今、牢屋にいる二人はこれから自分たちを待ち受ける運命をまだ知らない。処刑は免れるものの、子どもを作れないように処置をされて辺境の地で生涯幽閉されることになることを。北の厳しい環境の中、二人は取り巻きも賞賛の声もなく惨めに生きていくことになるだろう。

だが、もはや二人のことはカルファスにもリセリアの人生にも関係のないことだ。

カルファスは望みのものを手に入れた。

「愛しています、リセリア様」

今は閉じられている翠色の目にそっとキスを落としながらカルファスは囁く。

リセリアの目を眼鏡で隠す案は我ながら良かったと、カルファスは内心でほくそ笑んだ。きっとリセリアの本来の美貌に気づいていたら、リュシアンは彼女に手を出さずにはいられなかっただろうから。

当時は純粋に心配する気持ちでリセリアの容姿を隠すことを提案したつもりだったが、もしかしたら自分だけが独占したいという気持ちが無意識のうちに表れていたのかもしれないと今では思う。

——きっとあなたは、私がどれほど独占欲が強くて、あなたに執着しているのか知らないでしょうね。

心の中で囁きながら、カルファスはリセリアの裸体をそっと抱きしめた。

——でもあなたはおそらくそれすらも受け入れるのだろう。……いや、受け入れるしかない。

なぜならとっくに彼女は自分のこの腕の中に捕まっているのだから。

騎士団長の皮を被った獰猛な獣は愛する獲物を手に、うっすらと酷薄な笑みを浮かべながら目を閉じた。

ソーニャ文庫アンソロジー

騎士の恋

博愛騎士の激愛

秋野真珠

恋にやぶれた。

だから処女を捨てようと思う。

「――は？」

私、王城に勤めるようになってからずっと、真面目そうなあの人のことをもう五年も見続けてきたの。近衛騎士はすごく多忙だから、毎日見られるとは限らなくて、でも、ようやく挨拶《あいさつ》くらいはできるようになって、もしかしたら……なんて期待し始めた矢先に、あの人は婚約してしまった。侍女仲間の間では、あまり評判の良くない子と。あの子は若くてかわいいけれど、誰とでも遊んでるって噂があって、悪い子じゃないんだろうけど、騎士の結婚相手には選ばれないタイプの子だって言われていたのに……。出会って数日でそんなことになったんですって。あの子のどこが良かったのかしら。若さ？　もちろん、私なんかよりもずっと若いわ。かわいさ？　確かに、私なんてまったく愛想がないし、生真面目すぎて付き合いが悪いって言われるくらいだから、彼女と比べようもないわ。遊んでいないから？　私、今どき遅れてるって言われても、初めては結婚する人に捧げるんだって決めてた。でも、それがよくなかったのかしら。重たく思われたのかしら。そう思ったの。後生《ごしょう》大事にしていてももう意味はないのだから、捨ててしまおうと思ったの。

だからエリザは、王都の宿屋に一室をとり、目の前でぽかんと口を開けている彼を——オネストを呼んだのだ。

処女を奪ってほしくて。

オネスト・マイヤーは、あの人と同じ近衛騎士だ。あの人と違う明るい栗色の髪は少し癖《くせ》があって陽に当たると輝いて見える。あの人と違って水色の瞳は晴れた空の色に見える。あの人と違って私なんかにウィンクしてくる。あの人と違っていつも笑顔で誰にだって愛想がいい。朝見かけたら「おはよう、今日のランチはどこで食べる?」とか、お昼に出会ったら「休日はどこへ行く?」とか、夕方に顔を合わせたら「何か欲しいものはない?なんでも買ってやるから付き合って」などと気安く声をかけてくる。もちろん、その度に丁寧にお断りしていた。

なぜならエリザの好きな人は、彼のように軽薄な男ではないからだ。

けれど、この人であれば、エリザみたいな若くもなく愛想もない女の純潔であっても、気軽に奪ってくれるのではないかと思った。

自分に女としての価値がないという自覚はあるので、それ以外のところで盛り上げようと、三か月分のお給金をはたいて借りた宿屋の一室に、美味しい料理の数々。それに極上の葡萄酒《ぶどうしゅ》まで添えた。ここまでおぜん立てすれば、確実に抱いてくれるだろうと思ったのだが……彼はいったいどうしたのだろうか。

オネストは、いつの間にか頭を抱えていた。

伏せた顔は、エリザには見えない。

もしや気分でも悪いのだろうか。それならこの計画はどうしよう。ちょうどベッドもあるし、回復するまでひとまず休んでもらおうか、と思っていると、彼がぼそりと呟いた。

「――つまり、君は失恋したからやけくそになって、処女を捨ててやろうと？」

「――――」

他人の口から聞くと、何やらひどいことのように聞こえる。しかしそのとおりではあったので、エリザは頷《うなず》いた。

そして、自分のグラスに注いでいた葡萄酒を一口飲む。

勢いのまま宿屋まで来たものの、どこか理性も残っていて、そのためらいを消すために、酒の力を借りることにしたのだった。すでに二杯目だ。

あと二、三杯空にすれば、煩《わずら》わしいことは考えられなくなり、完遂《かんすい》することができると思う。

だが、もう一口飲もうとしたところで、オネストが口を開いた。

「どうでもいいものだからどうでもいい相手と？　その辺の男で済ませてしまえと考えていた？」

確かにエリザはどうでもいいと考えていた。

「清らかさ」なんて、何の得にもならないものを大事にしている自分にうんざりしてしまったのだ。

たとえ見かけが地味であっても、真面目に慎《つつ》ましく生きていれば、やがてあの人と結ばれるのではないか、なんて夢物語を、特に自慢できるところのない女が思い描いてしまっていたのがそもそもの間違いだったのだろう。

自分にはもう結婚なんて無理だろうけど、このままずっと侍女として働くことができれば生きてはいける。でも、純潔を後生大事に守る必要はない。

だからここで捨ててしまおう――と思ったからこその計画だった。

しかしどうやらオネストの声色から察するに、雲行きがあやしい。

「――やっぱり」

いくら遊んでいる男性でも、自分みたいな処女は、面倒で鬱陶《うっとう》しいのだろうか。

そもそもオネストなら、エリザに手を出さずとも、若くてかわいい子がより取り見取りだろう。そう、あの人と結婚することになったあの子のように――。

「――は、ははは、はははははは」

「ど、どうしたんですか？」

しょんぼりした気持ちになったとき、オネストが笑い出した。

とても楽しそうとは思えない、顔を伏せたままの乾いた声だった。時折聞く、彼の弾けるような明るい笑い声からはほど遠いものだ。

もしかして、お酒に弱かったのだろうか。それとも、エリザの浅はかな考えに呆れているのか。ばかな女がおかしなことを言い出したと、笑っているのか。

――笑われても仕方ないか。

エリザが諦めかけたとき、オネストが顔を上げた。

彼は、笑っていた。

いつもの、陽の光の下で見る明るい笑顔ではなく、とても昏い笑みだった。

一見、笑っているように見えるのに、笑っていない。そんな顔だ。

――そうか、目が、笑っていないんだ。

オネストのそんな笑顔は初めてで、エリザは目を瞬かせた。

驚きのあまり、胸の中がざわざわして落ち着かず、背筋にひやりとしたものも感じた。

それを誤魔化したくて、お酒の力に頼ろうともう一度グラスに手を伸ばすが、彼の手の方が早かった。

「もう飲むな。それ以上酔っぱらって、夢だったとか、なかったことにはされたくない」

「――え？」

オネストはエリザのグラスを取って、一気に飲み干した。

お酒を飲んでも、彼の表情は変わらなかった。

「――あの」

「君は、なんてひどい女なんだ」

「――えっ」

「俺が一番大事にしていたものを、ゴミクズのように捨ててしまおうとして。しかも、その相手に俺を選ぶとは。……光栄だとでも思えと？　他の男を選ばなくてよかったと、そう思えと？　確かにそう思えばまだ――」

オネストは何やらぶつぶつと呟いている。

雰囲気から察するに、とても嬉しそうには見えない。やはり嫌だったのか、とエリザは落胆した。

彼のような人でも、エリザの相手は無理なのだ。そう考えるとひどく悲しくなったが、ふと、彼の先ほどの言葉を思い出す。

――「一番大事にしていた」と、彼は言わなかった？

どういう意味だろう、とエリザが顔を上げると、オネストは立ち上がっていた。

「――ましだなんて、思えるはずがないだろ」

「――え……っと、あの」

咄嗟《とっさ》に椅子の上で身を引く。

オネストが思っていたより大きく見えて驚いたからだ。エリザの頭のてっぺんが、彼の胸に届くくらいの長身だと知っていたのに、それよりもずっと大きく感じた。

そのまま部屋を出ていくのだろうと思われた彼は、近くにあるベッドに足を向け、上着を脱ぎ始める。

「あの……」

どうするのか、と問いかけるよりも早く、オネストは鋭い視線をエリザに向ける。

「ヤるんだろう？　服を脱がなきゃできない。……いや、できないわけではないが、君を抱くときに余計なものは身に着けていたくない」

「え……っ」

――するの？　これから？

戸惑ったのは、彼からはまったく、前向きな感情が見えなかったからだ。むしろ、嫌々ながらに思える。

「あ、あの、無理に、無理にはその……」

今更だが、本当に今更だが、葡萄酒の酔いも覚めるほど、エリザは冷静さを取り戻した。

オネストにも申し訳なくなってこんなバカげたことはやめようと手を伸ばす。

「無理に？　無理にじゃないさ。俺は嫌じゃない。君が望んだことだしな。どんな経緯があったとしても、君を抱ける権利を他の男に渡すつもりはない」

「――っ」

オネストはエリザの手を取り立ち上がらせ、そのまま抱えてベッドの上に落とした。

さすがは高級な宿のベッド。とてもよく弾む。

——いやいや、そんなことを考えてる場合じゃないわ。

エリザはハッとして後ずさりしようとしたが、その前に彼が素早くエリザの足首を掴んだ。

「自分で脱ぐか？　それとも脱がせてほしいか」

「ええと、その……」

オネストの瞳は、やはりとても昏い。

誰にでも愛想のいい、いつもの彼はここにはいない。

いったい自分は、誰に何を頼んでしまったのか。

ここにきてようやく、エリザの脳裏に後悔の文字が浮かんだが、オネストはまったくやめるつもりはないようだった。

「いや、初めは、脱がす楽しみをもらおうか」

「ひぅ……っ」

言葉にならない声が出し損ねた悲鳴のようになったのは、彼がシャツを脱ぎ捨てて上半身を露《あら》わにしたからだ。

オネストは、騎士だ。あの人と同じ、近衛騎士だ。エリザが王城でよく見かける男性は政務官や文官たちだが、騎士は彼らと違って日頃から身体を鍛えているから、身体つきが違って当然だろう。

そもそも、エリザは異性の裸体を見るのは初めてなのだ。

「あ、あああの」

早鐘《はやがね》のように鳴り続ける心臓に、このまま死んでしまうのかも、と心配になる。

いつも凛々《りり》しい近衛騎士の、麗しい隊服のその下に、こんなにも均整のとれた身体があるなんて、まったく想像もしていなかった。

今、自分の顔が赤いのは、葡萄酒のせいだけではないだろう。

狼狽《ろうばい》するエリザをよそに、オネストはベッドに片膝をついた。エリザの身体より一回り以上大きく、硬そうでいて滑らかな身体が迫り、見目の良い顔が近づいてくる。節くれだった彼の長い指で頤《おとがい》を掴まれると、彼が何をしようとしているのか、エリザにもわかった。

慌てて顔を背ける。整った顔を間近で見て、狼狽《うろた》えてしまったのも理由のひとつだ。

「――キ、キスは」

自分たちが、これから何をするのか。

エリザが望んだことなのだから、わからないはずがない。今更やめると言っても、勝手すぎるだろう。オネストがその気になってくれたのなら、計画を遂行するのもやぶさかではない――が、キスとなると話はまた別だった。

口づけは、身体を重ねることよりも、恥ずかしく感じた。

そんな親密な行為はできない。

彼の唇を避けようと、近づく彼の顔を咄嗟に手で遮ったが、オネストはそれを許さなかった。

「――何言ってんの？　キスは嫌だって？　これからヤるのに？」

「だ、だって、そんな、必要ない……」

でしょう、と最後まで言えなかったのは、エリザがちらりと彼を見てしまったからだ。

オネストの目は、先ほど見たとき以上に冷ややかだった。

「――っふあ!?」

エリザは、どさっと勢いよくベッドに押しつけられた。

阻止しようとした手はシーツに押さえつけられ、顎《あご》を彼のもう片方の手で固定される。

「必要ない？　そんなわけないだろ。俺は、ヤるときに、キスをしないなんてあり得ないから」

「――――ん！」

嚙みつかれるように、エリザの唇は彼のそれに覆われた。

厚く大きな舌で唇を舐められ、狭間に押し入られそうになる。咄嗟に奥歯を嚙み締め抵抗すると、彼の舌はそれ以上入ってこなかった。だが、彼の舌はそのまま歯列を舐め始める。

まるで、生き物のよう――。

人生で初めての感覚に、身体を震わせ耐えていると、オネストはゆっくりと唇を離した。

「口を、開け――俺が、君を、傷つけるはず、ないだろ」

「………？」

一言一言、言い聞かせるように彼が言う。どういう意味だろう、とエリザはいつの間にか瞑《つむ》ってしまっていた目を開けた。同時に口の強張《こわば》りも解いた瞬間、再び彼に吸い付かれた。

「んぅ……っん」

ねっとりとした熱いものが、エリザの口腔を弄《まさぐ》った。

内側から歯列を舐め、奥の方で縮こまっていた舌をからめとり、柔らかな上顎を擽《くすぐ》る。

「ん……っん、う、ん……っ」

苦しい、とエリザは目をぎゅっと閉じた。

だが、目を瞑ったところで、襲いくる感覚を止めることはできない。彼の唇、舌の動きは、ゆっくりのようでいて、激しい。口の中を犯されている気分だった。

やがて満足したのか、口が解放される。

エリザはぼんやりとしたまま瞳を開けた。

すると、まだ間近に彼の顔があり、ちらりと覗《のぞ》いた舌が唇を舐めていた。それにどきり、と胸が鳴る。

「なんだ」

オネストの声は、少し冷ややかだった。

「……今の、が、キス？」

「何か問題が？」

突き放すようなオネストの声色だったが、エリザは彼の問いかけとは別のことを考えていた。

「……食べられちゃうかと思った」

素直に言うと、彼の目が見開かれる。驚いているようだ。

だがすぐに、何かに耐えるかのように苦しそうに顔を顰《しか》めると、固く目を閉じた。次にその目を開いたときは、真剣な顔になっていた。

「ああ。俺は、君を喰《く》い尽くしたい」

オネストの瞳が、空色に見えた。

陽の光の中で見るよりはまだ少し昏く見えるけれど、いつもの彼の色を取り戻した瞳が、まっすぐにエリザを見ていた。

「触りたいし、舐めしゃぶって、喰らいたい」

その視線がエリザの身体を確かめるように一度下がった。エリザもつられて、彼の逞《たくま》しい身体を見てしまう。

こんな大きな身体にのしかかられて密着していることに、今更恥ずかしさを覚え、エリザの頬が赤く染まる。

「な、舐め……舐める？　どうして？」

「味わいたいからだろう。舐めなくてどうする。噛み砕くことはできないから、せめて舐めさせろ」

「い、いやあの、そんな……」

必要が？　とエリザはまた問いたかった。

エリザは処女を奪ってほしいだけなのだ。

何をするかはいくら真面目なエリザでも知っている。むしろ、必要な部分だけを取り出して、刺して終わりにしてもらってもいいくらいだ。快楽を得ることは期待していない。親密なものにする必要はないと思っていた。

——だって、ただ、捨てたいだけだもの。

だが、エリザの想いとは裏腹に、彼の行為は想像以上に、濃厚で親密だ。

今回限りのつもりなのに、こんなに親密に触れ合ってしまって、大丈夫だろうか。いや、彼が身体を繋げるときは、こういうふうにするのが普通なのかもしれない。人選を誤ったか——と、エリザが狼狽えていると、オネストの精悍《せいかん》な顔がもう一度近づいた。

「……んっ」

ちゅっと、音を立てて、彼の唇が触れて離れた。その瞬間は目を瞑ってしまったが、驚いて瞬くと、彼の目は笑っているように見えた。

「こういうキスもある」

「…………っ」

彼はまたエリザの唇に自分の唇を押し当て、ゆっくりと柔らかさを確かめてから少し離れて、上唇を食む。

「……こういうのも」

「…………」

最初のキスと比べると、優しいだけの、物足りなさすら感じるキスだった。

なのに、エリザは頬が熱くなった。たった少しの接触だったのに、身体の奥まで温かくなってしまったからだ。

つい、オネストの唇を視線で追いかけてしまう。すると、彼の口角が次第に持ち上がってきて、笑っているのだと気づいた。さらに、彼の手がエリザの服の釦《ボタン》を外そうとしていることにも今更気づき、慌てる。

これから何をするのか、思い出したからだ。

エリザはオネストの下から抜け出そうと身を捩る。すると意外にも、彼はあっさりと逃がしてくれた。

それでもエリザはベッドの上に座り、背を向ける。

「……あの、自分で」

自分で脱ぐか、彼に脱がしてもらうか、二つの選択肢があったが、後者は恥ずかしくてあり得なかった。

自分で言い出したことなのだから、それくらいは自分でやれるはずだ。

しかし、オネストはそれを許さなかった。

「俺の楽しみを奪うな」

「た、楽しみって……」

こんな地味な女を抱くことに、何の楽しみがあるのだろう。

娼館の妓女《ぎじょ》の方が彼を喜ばせる方法をたくさん知っているはずだ。キスも知らなかったエリザが、娼婦より楽しませてあげられるはずがない。

「そんな……ちょ、ちょっと待って……」

「自分で脱いでもらうのも楽しそうだが、脱がせるのも楽しい」

「あの、ちょっと……あのっ」

冷ややかだったはずのオネストの声が、今はなぜか浮かれているように聞こえる。

彼は、背を向けたエリザの背後から手を伸ばし、エリザの手を覆うようにして、素早く釦を外してしまう。筋の浮いた筋肉質な腕が動く様子に、思わず見入ってしまったエリザは、あっという間にブラウスを脱がされ、スカートを取られ、コルセットを解かれ、シュミーズ一枚という心もとない姿にされた。

「あの……っ」

恥ずかしい、と思う以外に何を感じられるだろう。

少しでも隠そうと、身体を捩ってみたものの、彼の反応が気になる。ちらりと振り返ると、真剣な瞳とかち合った。

仕事中のオネストは、いつも誰にでも愛想がよくて、こんなに真面目な顔は見たことがない。

つい見とれそうになり、恥ずかしくてまた背を向けると、彼が突然、勢いよくエリザに抱き着いてきた。

「――きゃっ!?」

大きな身体に抱きしめられ、エリザは彼との体格の違いを思い知らされた。

彼の胸は広く厚く、その腕は力強かった。膝の上に抱き上げられると、より一層、自分の細さを感じる。こんな身体では、彼には物足りないのではないだろうか、と不安に思ったのも束の間、彼はエリザの髪や首筋に顔を埋め始めた。何かに夢中であるようだ。

「あ、あの……」

あの、としか言えない自分が情けなかった。

とはいえエリザは、彼の行動の意味がわからず、次にどうすればいいのかさっぱりわからない。

「――君の髪を解いてみたかった」

「え？」

「いつもきっちり編まれているから、指を入れて、くしゃくしゃに乱してみたかった」

オネストは言葉通り、エリザの髪を解いてしまっている。

エリザの髪は黒く長い。華やかさなどまるでないすとんと落ちる髪は、いつもひとつに編んで背中に垂《た》らしてある。仕事の間はまとめていた方が都合がいいからだ。

「君の目の中に、俺を、俺だけを映してみたかった」

いったい、彼は何を言い出したのか。

エリザは混乱し始めていた。

エリザの目に映る、見目麗しく逞しい騎士の青年は、女性を惹《ひ》きつけてやまない存在だ。

エリザが恋をしていたあの人よりも華やかで、おそらくあの人よりも女性に人気があるだろう。一度でいいから遊ばれてみたいと思っている侍女仲間が少なくないことは、エリザだって知っている。

その彼が、地味なエリザを見つめて、真剣な表情でそんなことを言うなんて。

――まさか……。

ある考えが頭をよぎる。

「君だけをずっと見ていた」

ひとりの女性にとらわれることのない、遊びなれている人だと思っていた。

「初めて見たときから、ずっと、いつか、と思っていた」

だから、バカな女のバカな願いにも、気軽に応えてくれるものだと思っていた。

「君が他の男のことを見ていたのは知っていたが、いつか自分の方に向いてくれると期待していた」

深い付き合いになんてならない、この夜限りのものになると思っていた。

「仕事に真面目なところも、真面目すぎて不器用なところも、たまに笑った顔が優しいところも、全部見ていた」

あの人でないなら、他の誰だって同じだと思っていた。

「その笑みが、あいつにだけ向けられることに、俺がどれほどむかついていたか。あいつと話すときだけ声が緊張して硬くなっていることに、どれだけ腹が立ったか」

彼なら、今日のこともたくさんの夜のひとつとして扱ってくれると。

「それでも、いつか――いつかと期待して期待して、俺が大事にしてきたものを」

自分などすぐに忘れられる存在だろうと思っていたのだ。

「君は捨てると言う」

自分は、彼の何を見ていたのだろう。

「――なんてひどい女だ」

まったくだ。

けれど、まさかあの、オネスト・マイヤーが、エリザをそんなふうに思ってくれていたなんて、誰が想像するだろう。

「あの……あの」

どう言えばいいのか、エリザは迷った。彼の気持ちを知ってしまうと、彼の腕に抱かれている今の状態が、これまで以上に気まずいものになった。

こんなことに巻き込んでごめんなさいと謝るべきか、気づかなくてすみませんでしたと言うべきか。だがいずれにせよ、この状況はよくないだろう。

ひとまず、彼の膝から下りようとした。が、それは叶わなかった。

「――どこへ行く」

「あの……こんなことになって、本当に申し訳ないから」

「やめるなんて言うなよ」

「──えっ」

彼はしっかりと、エリザを逃がさないように腕に囲い込んでいた。

「ここでやめるなんて、今更言うなよ」

「………………」

その声が、表情が、あまりに真剣で、凄《すご》みさえ感じてしまったから、エリザは言葉を失くした。

「君を見るだけで俺の股間は硬くなって、今はもうはち切れそうだ。ここでやめられないことくらいわかるだろう」

「………………」

さっきから、お尻のあたりに何か硬いものがあるなぁ、とは思っていたが、やはりそれが彼のアレだと気づかされ、エリザは引きつった笑みを浮かべた。

「──もう一度、最初から、君を奪う。それが君の望みなんだからな」

それはそうなんですが、という戸惑いを含んだ言葉は、彼の唇に奪われた。

「ん……っ」

再び始まったキスは、最初ほど激しいものではなく、かといって優しいものでもない。

エリザの呼吸さえも求めるような執拗《しつよう》なキスだった。

苦しいけれど、耐えられないほどではなく、ゆっくりでもないのに、もどかしさを感じる。

　これはいったいどういう感情なのだろう。

　エリザは戸惑いながらも、彼に与えられる心地よい波に呑《の》まれていく。

「ん、ぁん」

　舌を絡められ、上顎をまた擽られると、鼻にかかったような甘ったるい声が出た。とても自分が発したものとは思えず、羞恥《しゅうち》に顔を赤くしていると、彼の唇は頬に移り、耳を掠《かす》め、首筋に這《は》わされた。

「あ、んっ」

　出したくて出したものではない。

　しかし、自分の肌に違う人の肌が、指が、吐息が触れることが、こんなにも自分を敏感にさせるなんて、知らなかったのだ。

　彼の手がエリザの胸に触れ、丸みを確かめるように下から押し上げ、そのまま包み込む。そして盛り上がった谷間に、顔を埋めた。

「あ……っ」

　やわらけ、と微かな声が耳に届く。

　オネストは、柔らかな胸に顔を埋めたまま、ゆっくりとエリザをベッドに押し倒した。全身を押し当てるようにエリザを抱きしめて放さない。

離れようにも、エリザの手は彼の腕の中で簡単には抜け出せない。戸惑っていると、彼の声がはっきりと聞こえた。

「――ずっとこれを想像していた」

「……えっ」

「柔らかいんだろうな、とか。肌は滑らかなんだろうな、とか。君はどんな声を上げるのか、とか。妄想していた」

「も、妄想したんですか……」

「した。めちゃくちゃした。でも、全然違った。俺の妄想なんて所詮《しょせん》妄想だった。本物は、こんなに興奮するものなんだな」

「そ……」

そうですか、と言いたかったが、恥ずかしさのあまり声が出なかった。

すると彼はおもむろに上体を起こし、エリザを見下ろした。乱れた黒髪を指に絡めて、熱心に広げ始める。

「この髪を梳《と》いてみたいと、ずっと思っていた。こうしてシーツに広げると、どんな感じだろうかと」

「そ、そうですか……」

今度は相槌《あいづち》を打てたが、彼の目が、あまりにも愛おしいものを見るようだったから、エリザはますます居た堪れない気持ちになった。

「あの……あの、満足、したなら……えっと、これで」

「終わり、だとか言うつもりじゃないよな？」

「――――」

そのとおり、終わりにしようと思っていたエリザは、自分が甘かったと思い知った。

「これだけ煽《あお》られて、何もせずにいられるはずないだろ？　これからが、本番だ」

凄みのある笑みに気圧されて、エリザは何も言えなかった。

「それが、君の望みだろ」

突き放すようなオネストの声に、そうだっただろうか、と考える。

自分は本当にこんなことを望んでいたのだったか？

しかしその答えだって、今となってはわからなくなっていた。


オネストは執拗だった。

これを執拗と言わずして、他になんと言えばいいのか。

本当に全身を舐めしゃぶられるなんて、エリザは想像もしておらず、いい年をして泣き出してしまった。

――恥ずかしい。

けれど、彼の前で泣いてしまっていることよりも、自分でも見たことのない場所を舐められていることの方が恥ずかしい。

「い、いやぁ……っ」

じゅる、と啜《すす》るような音とともに上がった自分の声は、怯《おび》えも含んでいた。

つま先から足の指の間まで彼の舌が這う。胸の先を吸われるように舐められ、指と舌で擽られて身悶《みもだ》えするが逃げられない。

髪よりも少し縮れた下生《したば》えを掻き分けられ、恥丘に顔を埋められ、陰唇を割られて舌を這わされても逃げられなかった。

太ももが震えたのと同時に、彼の大きな手がぐっとその秘められた場所を広げる。

「やめ、だめ、だめ……っんぁあっ」

「気持ちいい？」

「んん……っ」

オネストの声は楽しそうだった。

エリザは全身を震わせる以外、応えるすべを知らない。

彼の指が襞を割り、内側への入口を押す。舌は陰核を捕らえて放さない。

「や……っだめ、だめ、や……っんんん……！」

びくん、と強く腰が跳ね、エリザは彼の顔を太ももで強く挟み、襲い来る波を受けとめた。

「——イった？」

いく？

どういう意味か聞き返そうとしたけれど、全身の力が抜けたようになっていてままならない。

こんなことを、望んでいたのだろうか。

エリザはまとまらない思考の中で考え、うつろな視線を彼に向けた。

彼はエリザの濡れた場所を舌で舐め取っているところだった。そんな卑猥《ひわい》な光景など、見たくなかった。

「な……舐めちゃ、いや」

「舐めしゃぶるって言っただろ」

「こ、こんな……っ」

こんなふうだなんて、誰も思っていない。

彼が何を舐めているのか、考えたくもない。

「ようやく柔らかくなってきたな。今度は中の、いいところを探す」

「ひぅ……っ」

怯えた声が出ても彼の指は止まらず、陰唇を割って、誰も触れたことのない内側に入って来た。

「ひ、ぁ、あ、あっ」

「……柔らかいな……まだきついが、すごく絡んできて、熱い」

「ひあっん！」

中でぐっと、彼の指が曲がった。

それを全身で感じる。

繋がっているのはたったの一部分だけなのに、全身を彼に覆われているように感じる。

小さな異物を受け入れているだけなのに苦しくてならない。

「ひぅ……っん、ん、んっ」

「……ああ、舐めしゃぶるんだったな」

エリザのそんな様子を見て、彼が言った。

エリザは、彼が今からしようとしていることに一瞬遅れて気づき、顔を青ざめさせた。

「だ――だめだめやめて……っや、ぁ――」

彼は自分が舐めやすいようにエリザの腰を抱えると、膝を胸に押しつけるように折り曲げて大きく広げ、恥丘に顔を埋めた。

エリザの身体は頭と肩しかベッドについていない。そんな恥ずかしい格好をさせられ、舐めているところをまざまざと見せつけられる。

　こんな辱めはない。

　エリザが屈辱にも似た何かに震えていると、彼は一度顔を上げて笑った。

　愛想のいいものではない。にやりと、意地の悪さが滲み出た笑みだ。彼は笑いながらエリザの陰唇に舌を這わせ、指を入れたままの内部に潜らせる。

「ひぁ……っ」

　彼の唇は、エリザの陰部をぱくりと覆い、啜るように何かを吸い上げる。舌は生き物のように蠢《うごめ》き、エリザの内側を暴きたて、犯している。

　エリザのすべてを彼が目にしている。

「や、やめ……っも、もう、やめて……っ」

　すすり泣きながら、エリザが手を伸ばして止めようとしても、彼はその指すら愛おしいとでも言うように、キスを与え、舌を絡めてしまう。

「やだ……っ」

「――舐めてほしいのかと」

　手を伸ばすから、と笑った彼は、またすぐに陰部を責め始めた。

「やっ、あっあっ、やめ……っ」

「やめられるか。俺は君のすべてを見たいんだからな」

彼はそう言いながら、陰部を舐めていた舌をそろりと後ろへ下げた。

その先にあるものに、エリザは目を見開いて狼狽える。

「や――――っだめだめだめ！　そこはだめぇ……っ」

「……そんなに嫌なら、ここは今度にするか」

「――っひ、う……っ」

彼の舌は後孔を掠めるだけで、また陰部へと戻った。

泣き叫びながらもほっとしていることに、エリザは狼狽える。

――これは安堵していいこと？　というか、今度ってなに？

恐ろしい疑問を抱えながらも、再開された責めに震えて泣いているしかない。

「う……っう、ひぅ……っ」

エリザはいつしか子供のように泣き出していた。

手を顔に当て、目を隠すようにして泣いた。すると彼は、舌と手の動きを止め、抱えていたエリザの身体をベッドに下ろした。

身体が解放されると、疼きは治まったものの、ぬくもりが消えてなぜか寂しく感じた。

そんなふうに思う自分が恥ずかしく、情けなくて、また涙が零れ出す。

「……しまったな」

少し悔《く》やんでいるかのような彼の声が聞こえたのと同時に、もう一度大きな腕に抱きしめられた。

　そのまま、エリザの隣に横たわる彼の裸の肌が密着することに緊張しながらも、ぬくもりが戻ったことにほっとしてしまう。そして彼の手が、背中を宥めるように撫でた。

　苛めすぎたと、悔やんでいるのだろうか。エリザも気持ちを落ち着かせながら顔から手を離してみると、目の前には頬を染めた彼の顔があった。

「……な、」

「君の泣き声で、めちゃくちゃ興奮した。思わずイくかと思った」

　予想外のオネストの言葉に、一瞬思考が止まる。

　どういう意味だと思考が空転したところで、彼は言葉の意味を説明するようにエリザの手を取り、自分の中心に――そそり立った性器に導いた。

「もうガッチガチだろ。我慢できずに溢れてる。まずい……」

「――やだ！」

　いったい何を触らせているのか。慌てて手を引くと、彼は目を細めた。

「君のせいでこうなっているんだ。そんな汚いものを触ったみたいな反応……俺も傷つくぞ」

「き……っき、きっ！」

　汚いところまで舐めしゃぶった人の常識を押しつけないでほしい。

エリザはそう言いたいのに、あまりに恥ずかしくて、あまりに困惑して、怒りすら覚えてしまい、声がうまく出せなかった。

また手で顔を覆って、混乱したまま叫ぶ。

「――か、勝手に自分で、出せばいいじゃないですか!?」

言ってしまったあとで、何を言っているんだろう、と後悔する。

しかし一度口に出した声は戻らない。

エリザは恥ずかしすぎて死んでしまう、とまで思っているのに、彼は飄々《ひょうひょう》とした声で返した。

「最初は君の中で出すと決めている。先走りはもったいないが、まあ仕方ない」

「だ……っ」

その意味を考えてしまい、エリザは全身が発火するかと思うほど熱くなった。

「君に擦り付ければ、少しはましか……」

いったい何がましだと言うのか。

どうしてこれほどまでに、辱めを受けねばならないのだろう。これが普通なのだろうか。

エリザはまた泣き出したかったのに、いよいよ恥ずかしすぎて涙が出ないという現象に陥り、自棄《やけ》になって言い放った。

「――もう、挿《い》れればいいじゃないですか！　すぐに出して早く終わって！」

「――何を言っている」

オネストの声はひやりとしていて、エリザの心臓はどくりと脈打ち、緊張した。

「君を抱けるというのに、そんなに簡単に終わらせられるはずがないだろう。まだ君の中は準備ができていないんだ。俺はその準備ができるのを辛抱強く待っているのに、どうして君はそう……自分を傷つけようとする」

低い声に、悔恨を感じて、エリザはお腹の奥が冷えた。

「どうして――君を大事にしたいと思う俺を使って、自分を傷つけようとするんだ」

「………ごめんなさい」

ぽつりと、言葉が零れた。

謝罪を口にするには遅すぎると思った。ここで謝るのも何か違う気もした。口にしたエリザがそう思っているのだ。聞いた彼はエリザ以上にそれを感じているだろう。

案の定、オネストは顔を歪《ゆが》めた。

「――何の謝罪だ。今更、そんなことを言っても、俺が今からすることは変わらないからな」

やめてなどやらない。

彼の強い意志を改めて知り、エリザはどこかほっとした。

こんな形でも、彼に望まれていると知ったからだ。

自分が抱える歪《いびつ》な気持ちに気づきながらも、エリザは彼の言葉を受け入れた。

「君の処女は、俺が奪ってやる」

「――んっ」

一度止められていた手が、再び動き出した。

彼は、エリザの声を奪うように口を塞《ふさ》ぎ、指はエリザの秘所へと戻り、まだ濡れている陰唇を弄《いじ》る。

「ん、んっ、んっ」

膣を埋める指が、いつの間にか二本に増えていた。長さの違う指がバラバラに動いたかと思うと、入口から少し入った場所を指を揃えて擦り上げてくる。

「んん――っ」

塞がれた唇で叫ぶけれど、今度は離してくれなかった。

執拗な彼の指がエリザの感じる場所を探り当て、責め立てる。ぐちぐちと音を立てているのはわざとに違いない。

エリザは逃げ出すことも喘ぐこともできず、息苦しさを感じて、彼に縋《すが》るように手を伸ばした。

彼はベッドに片肘をつき、エリザの頭を抱えるようにして顎を押さえて唇を塞ぎ、もう片方の手で秘所を責めている。

その彼の肩に縋り、むき出しの肌の熱さに驚いたエリザは、もっとこの熱を感じたいと手に力を込めた。

秘所を嬲《なぶ》られ翻弄《ほんろう》されて朦朧《もうろう》とするエリザは、爪を立ててしまっているかもしれない。しかしそれ以外にできることはなかった。

「――ふ、は」

「――あぁぁっ」

ようやく彼が唇を解放してくれたときには、呼吸をするよりも、声を上げる方が先になってしまった。

彼の唇が自分の唾液でいやらしく濡れている。きっとエリザの口の周りも、どちらのものかわからない唾液で濡れているだろう。けれどそれを拭うことなど、考えられなくなっていた。くちゃくちゃと膣内を掻き回す指が一層激しくなり、エリザは無意識に腰を浮かせてしまっている。

「あ、あっ、あっあっ」

「――中が、濡れてきた……溢れている」

少し乱れた呼吸とともに彼が掠れた声で教えてくれたけれど、エリザの耳にはまともに入って来ない。

視線を下げると、彼の手が自分の中で暴れているのが見える。一度見てしまうと、視線が外せなくなった。

彼の手がこんなに淫らに濡れているのは、自分が溢れさせているもののせいだと思うと、恥ずかしいのに、昂りを抑えることができない。

「あ、あ、あっ、い、いく、いっちゃ……っ」

「――――っ」

エリザの耳に、自分のはしたない声と、彼が息を呑む音が聞こえた。

その瞬間、全身をびくびくと震わせながら、エリザは達した。絶頂を迎える、という言葉の意味を、全身だけでなく心でも知ってしまった。秘められた場所から滴っていた蜜液を、一気に溢れさせた気がする。

恥ずかしいと思うような余裕はなく、エリザはその余韻に震え続けた。

内ももと一緒に痙攣《けいれん》している膣内を、ゆっくりと撫でる彼の指に無意識に手を伸ばし、その逞しい腕にすり寄る。

「あ……っん、んっ、ん……」

弾むような息の合間に、堪え切れない喘ぎが漏れる。

腰の奥、深いところから生まれる震えに、つま先から頭のてっぺんまで感じてしまい、今はそれを堪えることしか考えられなかった。

「――危ない。俺もイくとこだった……」

彼が深く息を吐いた。

少しは意識がはっきりしてきたものの、ため息のように零れた彼の言葉の意味はわからない。

いまだ身体を支配する震えに耐えながらも、答えを求めて視線を上げると、強い彼の視線にぶつかった。

「――――」

息を呑んだ。

蛇《へび》に睨《にら》まれた蛙《かえる》とは、こういう状況のことなのかもしれない。

もう逃げられない。

いや、すでにもっと早い段階で逃げられないことはわかっていたが、それでも彼にはまだ、話を聞いてくれるほどの余裕が見て取れた。けれど今、彼は自身の欲望を隠すことなくエリザに見せつけていた。

これから、奪われる。

そう理解するのに充分な眼差しだった。

「君は本当に、俺を煽るのがうまいな……ここまで耐えた俺をほめてほしいね」

「そ、んな……」

勝手なことを言っている、と思ったけれど、彼の勢いに呑まれて言葉は続かなかった。

「そんな俺にご褒美《ほうび》が欲しい……いや、これは君のご褒美になるんだったか？」

そう言いながら、彼は上体を起こし、エリザの脚の間に腰を進めた。

エリザの膝裏を抱えて広げ、濡れそぼつ秘所に自身の性器を擦り付ける。

「……っひ、ぅ」

「これで、君の願いは叶うわけだな。君はこれが、欲しかったんだろ」

そのとおりだった。

それだけが望みで、こんなばかげたことをお願いしたはずだった。

なのに、ぬるぬると彼のものを擦り付けられると、また涙が溢れそうになる。

この涙の意味は、エリザ自身にもわからなかった。

「ほら、欲しいって言えよ」

「――――っ」

嗚咽が漏れた。

なのに、彼の目から視線を外せない。身体はもう彼に変えられてしまったのか、散々いたぶられた陰唇はほころび、彼の熱いものを欲しがっているようだ。

「これで貫いて、処女を奪う」

「……っい、」

いや、と言いたかった。

なのにエリザの口はその意思を裏切って、まったく反対のことを言う。

「いれ、てぇ……っ」

彼の喉が、ごくりと動いた。エリザがそれを見ている間に、彼の性器はエリザの蜜口を広げ、狭い中に押し入っていく。

「ん……っ、んく……！」

思わず奥歯を食いしばった。

指であれほど中を責め立てられ、溢れるほど潤っていたというのに、それまでの感覚とはまったく違う。硬くて、熱くて、大きな塊だ。生き物のように蠢いて、エリザを侵食している。

「……っああ、狭いな……さすが処女。でも、やめてやらないからな……っ」

「っ、ん、あああぁっ」

ずぷり、と彼はエリザの太ももを抱え、一息に、最後まで押し入った。

彼の腰がエリザの臀部にぴたりとくっついている。エリザの伸ばした手は、いつの間にか彼にからめとられていて、さらに引き寄せられた。

「んあぁんっ」

彼が大きく腰を引き、もう一度押し込める。そのひとつの動きだけで、エリザは頭の中まで痺れてしまった。

涙の膜でぼやける視界のまま彼を見上げると、彼の肩も大きく上下していた。息が荒い。苦しいのは自分だけでないと思うと、エリザの心は震えた。

そのまま視線を下ろし、彼と繋がる場所を改めて見る。

「……はいってる」

思わず零れた声に、彼が笑った。その揺れにさえ、エリザは感じてしまう。

「これで君はもう、処女じゃなくなったな」

「……処女じゃない」

彼の言葉を繰り返したが、エリザの心に広がったのは言いようのない虚《むな》しさだけだ。

自分はこれを求めていたのか。

こうすることで、自分は何が変わると思ったのだろう。

泣いて、叫んで、彼を傷つけ、傷つけられ、いったい何がしたかったのか。

エリザはぼんやりと考えていたが、彼はじっとしてはいなかった。

「ふ、あぁんっ」

エリザの中を埋め尽くす性器をさらに膨《ふく》らませ、腰を大きく揺らした。

「――まぁ、これで終わりじゃない。それは、わかってるだろ？」

「んんあぁぁっ」

わかっている――いや、わかっていなかった。

これで終わるはずがないのは、この状況になって初めて思い至ったことだ。

彼がゆっくりと腰を前後に振り始める。それに合わせて、エリザの身体も揺さぶられた。

「あ、あっ、あっ」

「――っ、う、くっ」

大きな揺れに耐え切れず、エリザは思わず彼に手を伸ばした。すると、彼はベッドに倒れるようにしてエリザを抱きしめ、エリザの手を彼の背中に回させた。回りきらない身体の大きさに驚きながらも、エリザは必死でしがみつく。

彼と重なったすべての部分が、一緒に擦られて熱くなる。広い胸に包まれてしまうと、押し込められる熱とともに煽られ、また達してしまった。それと同時に、彼が何かに耐えるように呻《うめ》いて、一際強く腰を打ち付けた。

一度、二度、とそれを繰り返し、彼が深く息を吐いたところで、エリザは彼が達したのだと気づいた。

「――ああ、まったく……情けないな。君の中があまりに気持ちよくて、我慢できなかった」

耳元で囁かれ、ただでさえ上気していたエリザの頬はさらに熱くなった。

彼はゆっくりと上体を起こして離れ、エリザを覗き込む。

「でも、初めてで同時にイくなんて、俺たち、身体の相性は最高なんじゃないか？」

いったい何と返せば正解なのか。

つい、驚きのまま首を左右に振ってしまった。それが否定の意味になると気づいたのは、彼の眉が跳ねあがり、目が細められてからだった。

「――ああ、君はあいつの方がいいんだったか。ここを貫くのは、あいつのものの方がよかったんだよな」

「……っち、ちが」

「でも俺を選んだのは君だろ。これで犯されたいと言ったのは君だ。まぁ、あいつだって、やることは同じだろうがな」

「――そんなことない！」

どうしてそう言ってしまったのか。

エリザは思わず口をついて出た自分の言葉に、自分で驚いた。

空色の彼の瞳が、一層昏くなる。

「違う、と？　あいつはこんなことはしないとでも？　君を舐めしゃぶって喰い尽くしたあとで犯すなんてひどいことは、しないと？」

「ち、ちが、そんな……っ」

あの人は、そうじゃない。

真面目で清廉な騎士のあの人は、きっとかわいいあの子を優しく抱きしめるんだろう。かわいいあの子を気遣って、幸せな結婚をするのだろう。

そんなふうに愛されるのを夢見ていた。

あの人と一緒になりたいと思って、純潔を大事にしてきた。

けれど、あの人とこんなふうになることを、一度でも考えたことがあっただろうか？

あの腕に抱きしめられて、優しく唇を触れ合わせて、それから――それから？

エリザの思考は、そこで止まっていた。

あの人のことを、五年も思い続けていたのに、淫らなことは一度だって考えたことがないと、今更ながらに気づいてしまった。

そもそも、男女の営みがこんなに淫猥《いんわい》なことなのだと教えたのは、目の前の彼なのだが。

ひどいようで甘い愛撫に翻弄されて、女としての身体に作り変えられて、恥ずかしいと思いながらも、エリザは抵抗なんてしていなかった。自分の中にはしたない自分がいることを教えてくれたのは彼だ。

愛想の欠片もない、軽薄な笑みを浮かべて、これからどうやってエリザを傷つけてやろうかと考えているようだった彼に、エリザはすべてを与えられ、奪われた。

「ああ、君の好きなあいつは、君を大事に抱くんだろうな。優しく、宝物を扱うように、君を抱くんだろう――俺と違って」

「ちが――」

違う、とは言えなかった。

エリザを傷つけるような言葉を放ちながら、実際に傷ついているのはどちらか。

彼は痛みを堪えるような目でエリザを睨んだ。

「残念だったな、俺に奪われて。でも、俺が一番大事に、大切にしていた君を――傷つけろと言ったのは、君自身だ」

そのとおりだ。

エリザの目尻に溜まっていた涙が零れて落ちた。

次から次へと流れるように伝っていくが、エリザは彼から視線を逸らせなかった。

どうすればいいのか。どうしてあげればいいのか。

急に不安に襲われ、エリザは彼に手を伸ばした。しかし彼に触れていいものか迷う。

さっきと同じように縋ればいいのか。安心させるように撫でてあげればいいのか。

それとも、もう終わったことだと突き放してしまえばいいのか。

エリザの迷いを受け取ったのか、彼の身体が先に動いた。

「ふ、ぁんっ」

繋がった場所を、また強く擦るように動かされる。

熱を持った身体は、それだけでまた絶頂の極みに引き戻されるようだ。

「あっ、あ、あっ」

ゆっくりと、しかし確実に深く突き上げられて、エリザは揺さぶられるままになった。

それがひどく辛く思えて、たまらず首を振る。

「やっあっ、あっ、だ、だめっ、おく、奥、そんな、ついちゃ……っあん」

「――奥を、突いてほしいのか」

そんなこと、一言も言っていない。

なのに彼は口を歪めると、エリザの身体を引き寄せるようにして起こし、今度は自分がベッドに仰向けに倒れた。

「ひぁああっ!?」

逃げることなどできず、彼に腰を摑まれたまま、彼の上にまたがる格好にされると、自重でさっきよりも深くまで彼を感じてしまった。

襲いくる何かを堪えようとして自分を抱きしめるが力が入らず、腕を突っ張って彼から離れることもできない。

「これで、もっと奥を、突けるだろ。自分で気持ちよくなればいい。思う存分、俺を使って楽しめばいい」

軽薄な笑みを浮かべたまま、彼が言う。

ひどいと思うのに、身体は痺れるような感覚に襲われていて、彼の言うとおりに、勝手に快楽を追い求めているのがわかる。しかしだからと言って、思うままに動けるかと問われればそんなことはできない。

「ん、ん……っあ、あん……っ」

そろりと自分で少し身じろぎするだけで、彼に貫かれていることを生々しく感じ取ってしまい、揺れることすらできず、じわじわと襲いかかる何かに耐えるしかなかった。

「や……っむ、むり、だめ……っん、でき、な」

「――君は、いやらしいな……初めてのくせに、気持ちいいことを知っている。おまけにそんなふうに上手に強請るなんて、どこで覚えてきたんだ？」

強請ってなどいない――エリザはそう言いたかったのに、冷ややかな声とは裏腹な、彼の熱い欲望に下から最奥を突き上げられ、声が出せなかった。

彼の手はエリザの腰を摑んで固定しながら、腹筋だけを使って律動を繰り返す。

「あっ、あぁ、あぁぁんっ」

彼の身体は見た目のとおりとても硬く、思わず手をついた腹筋はエリザをしっかりと支えていた。

「めちゃくちゃ、いい眺めだな」

「んっんっ、あっ、あん」

何のことを言っているのかエリザにはわからなかったけれど、彼の目が欲情しているのがはっきり見て取れて、エリザの心は浮き立った。

一度達したにもかかわらず彼の性器は硬さを保っていて、彼が興奮しているのはわかっていたが、彼をこんなふうにしているのが自分だと思うと、エリザの心はなぜか喜びを感じていた。

「もっと身体をこちらに倒せ。胸を舐めてやるから」

そんなふうに言われて、素直に従うと思っているのだろうか。

だが、熱に浮かされた状態のエリザは、無意識に彼の肩に手を置き直し、上体をそろそろと彼に近づけてしまう。

「あ、あぁぁんっ」

すかさず、胸の先を彼の唇が強く吸う。

それだけで、達してしまいそうだった。彼の手は逃がすまいとするかのようにエリザの臀部を掴み、繋がった秘所は開かれたままだった。そこがもっと濡れた気がした。

ぴちゃぴちゃといやらしい音まで立てて、彼の舌が乳首を舐めしゃぶっている。口に含んで転がされ、少し痛みを感じるほどの甘噛みまでされて、下からは硬くなった彼に貫かれて揺さぶられる。

頭がおかしくなりそうだった。

「ん、んぁ、あ、あぁ……」

背中が撓《しな》る。

彼の性器の先に、一番敏感な場所を擦り上げられ、乳房を口に含まれて嚙まれる。びくん、と身体が反応したかと思ったときには、エリザはまた達していた。

そのまま崩れ落ちそうになると、彼はまた強く突き上げてくる。

「そのまま、堪えていろよ」

「ん、あああぁっ」

むり、と首を振ったのに、身体は彼の言うとおり、激しい責め苦に耐えるために彼の胸に手をついて待っている。視界がぶれるほど強く突き上げられて、彼が達するのを待ってしまっていた。

「――っ、く、あ……っ」

「んあ……っ」

膨らんだ彼の性器から熱い飛沫が弾けて、エリザのお腹の中を熱くする。そのことにどうしようもなく感じてしまい、もう耐えられなかった。

彼の上にくずおれて、治まりのつかない絶頂に震える。

同時に、彼の荒い息も聞こえてきて、自分と同じように彼が乱れているのを知ると、今度は胸の中にじわりと熱いものが広がった。

彼の呼吸を彼の胸の上で聞き続けているうちに、身体の痺れがゆっくりと引いていく。

しかし彼とはまだ繋がったままだ。彼の手がエリザの臀部に置かれたままで重なっている。

エリザは本当に今更、頬が熱くなった。思い出したように胸の鼓動が速くなり、こんなに静かでは彼に聞こえてしまうのではないかと緊張し出すと、ますます心臓が煩《うるさ》くなる。

「――顔」

ぽつりと彼が呟いた。

なんだろう、と耳を澄ませると、続きが聞こえる。

「顔を、上げろよ」

「…………」

恥ずかしかった。顔は絶対に赤いはずだ。それを彼に見られることが恥ずかしい。なのに、その声に逆らえない自分がいる。

エリザは彼の胸の上で、ぎゅっと自身の手を握りしめてから、そろそろと顔を上げた。

彼は臀部から手を離し、乱れたエリザの髪を梳いて、顔をちゃんと見ようとする。そのまっすぐな視線に心を射貫かれて、エリザの頬はますます熱くなった。それに誘われるかのように、彼の顔が近づく。彼は上体を起こしながら、エリザの頬を両手で包み顔を寄せてきた。

エリザも手を伸ばし、彼の首に腕を回す。

まるでそれが当たり前のことであるかのように、彼と唇を合わせた。彼を抱き寄せ、彼に包まれながら、キスをした。

「ん……っ」

初めは口先が触れるだけのキス。それから彼は何度も啄《ついば》んでは離れることを繰り返し、次第に触れる時間が長くなって、最後には離れなくなった。

お互いの舌が深く絡む。エリザは初めて、彼の口腔に舌を入れた。

さらに、彼にのしかかるようにしてキスを貪り合う。唾液が混ざり合うことも、当然のように受けとめた。

彼のキスは甘い。キスに味がするなんて、初めて知った。

息が続かなくなって唇を離す。互いに呼吸を乱しながらも、身体は離れなかった。彼の手はエリザの顔を包んだままで、エリザの手は彼の首の後ろに絡まったままだ。

額をすり合わせてきた彼が、まるで猫のようでふと笑ってしまう。その吐息が彼の瞼《まぶた》にかかると、半ば閉じかけていた目が開き、エリザを見つめてきた。

その強い視線に、胸が高鳴る。

彼の、熱を孕《はら》んだ視線は、エリザをおかしくさせる。

そのとき、埋められたままの彼の性器がまだ強張ったままであることに気づき、エリザは狼狽えた。少し動いただけでもぬるりと滑るのだ。彼もその滑りを感じたのか、また眼差しが強くなる。

慌てて離れようとしても遅かった。

彼に押されるがままベッドに倒れ込み、今度は彼が上になる。彼はエリザの片脚を持って広げると、繋がった秘所に視線を落とし、不敵な笑みを浮かべた。

「……溢れてるな」

「んん……っ」

じゅぷ、と音が聞こえたのは、彼が自身の性器を引き抜き、もう一度押し入れたからだ。

「またこんなに濡らしてるのか」

「それはあなたが――！」

二回も、出したからだ。

エリザの中で。

そう言いたかったが、恥ずかしくて言えるはずもなかった。彼はそれもわかっていてからかっているのだ。エリザもそれがわかるから、羞恥と苛立ちに赤くなった目で睨み付ける。だが彼はそれを平然と受けとめて、ゆっくりと腰を回した。

「あ、あ……っ」

「なら、一度掻き出してやらなきゃな」

笑いながら、彼は腰を回し、そして突き入れる。

「あ、や、やぁ、やめ、だめ、まわし、ちゃだめぇっ」

もう彼を見ることもできなかった。

腕を交差させて自分の顔を隠したが、身体のすべてで彼を受け入れて、感じている。

ぐちゅぐちゅとした卑猥な音が耳に響く。彼はわざわざ声を潜めて、その音をエリザに聞かせているのだ。

「ほら、どんどん出てくるな……気持ちよすぎて、またイきそうだ」

「や……っだめ、もう、もう、むり……っ」

「こっちはもっとって言ってるようだが？　な、処女のくせに、抜かずの三発なんて、大変だな」

「――っへんたい！」

思わず叫んだ言葉は、間違っていないはずだ。

彼は騎士なのに、なんてことを言うのだろう。

エリザが耳まで赤くなっているのに、彼は楽しそうに笑った。

「変態なんてずいぶんな言い草だな。君が欲しがったものだろ。これくらい、騎士と付き合うなら当然だし――」

「うそつきっ」

「嘘なんか言うか。君に嘘をついて、俺に何の得がある」

そう言われると、エリザは言葉に詰まった。

彼は嘘を言わない。

ならば、今日の彼の言葉はすべて真実ということになる。

それに気づくと、エリザは全身が熱くなった。

「——ああ、もっと動いてやるよ」

「————っ」

それを強請ったわけではない。

けれど、ぐっと強く最奥まで挿れられると、背中が撓り、つま先が丸まった。ぎゅうっと心の中まで力を入れるようにして、感じてしまうことに耐える。

彼はエリザの片脚を抱えたまま、ゆっくりとした抜き差しを繰り返し、エリザの顔を覗き込む。

「このまま……しばらく挿れたままにしておけば、君の中は俺の形になるんじゃないか。もう、他の男のものは入らないだろうな」

「——っいや！」

思わず否定してしまったのは、怖くなったからだ。

彼を受け入れてしまった。

彼に変えられてしまった。

オネストのことを考えるとおかしくなってしまう自分がいることにすでに気づいてし

まっているのに、これ以上なんてどうなってしまうのか。

だが、その複雑な気持ちは彼には届かなかった。

オネストは、言葉通りの拒絶と受け取ったようだ。

「――へぇ、そうか……こんなに、俺に犯されても、まだあいつのことを考えているのか？　ああ、なるほど。処女じゃなくなったから、他の男を咥《くわ》え込んでもいいと思ってるのか？　ここに？　こんなに嬉しそうに涎《よだれ》を零しながら俺を咥えておいて？」

「あっ、あぁっ、や、やめ、だめぇ、やらぁっ」

急に激しさを増した律動に、エリザは振り回された。

彼は冷淡な声で責めながら、熱い楔をエリザに打ち付け続ける。

「まだ他の男が必要なのか？　それとも、あいつじゃないとだめだっていうのか？」

彼の手が、陰唇を割って陰核を探り、強く弄る。

そうされると、突き上げられるとき以上に全身が反応してしまい、最奥まで埋め尽くす彼の性器をさらに締め付けてしまう。

「やぁ、ああぁっあっ、あっあっ、らめ、らめぇ……っ」

「ほら、呂律も回らないくらい感じてるくせに……っ俺に、突っ込まれて喜んでるくせに！」

「んぁあっあんっ、あっあん」

エリザは揺さぶられるまま、彼を受けとめながらむせび泣いた。

そうじゃない。

そうじゃなくて、そんなことを言いたかったんじゃなくて。

自分の気持ちを思うように言葉にできず、身体はただただ快楽に翻弄されるばかりで、もどかしくておかしくなりそうだった。

ひどいと思った。

エリザをこんなにもおかしくさせるオネストが憎らしい。

ただ一夜、美味しい食事とお酒を楽しみ、軽く身体を重ねてくれればいいだけだったのに。

それだけのことだったはずなのに。

いったいどうしてこんなことになったのか。

それもこれも、オネストのせいだ。

エリザの身体を変えるどころか、心まで変えてしまいそうな、彼のせいだ。

そう思うと憎らしくて、泣きながら彼を睨み付けると、自分以上に強い視線に貫かれた。

彼の律動が激しさを増し、追い上げられて、エリザも高みに昇らされてしまう。

「あ、あ、あああっ」

身体が軋むほど強く最奥を突き上げられて、彼が飛沫を放った。それと同時に、エリザも達した。全身が熱くて、ぶるぶると震え、その絶頂が何度もエリザを襲う。

「ひ、あ、あ……っ」

こんなの、知らない。

こんなこと、もう無理だ。

本当に狂ってしまう、と涙の溢れた目で彼を見ると、彼もまっすぐにエリザを見つめていた。

その視線は、一瞬たりとも逸れることはない。

「……ここに、他の男のものを咥えてみろ――――殺すぞ」

「……っ」

恐ろしい言葉を耳にした。

驚いたのは、その声が本当に実行しそうだったからではなく、それを言ったときの彼の顔が、泣きそうに歪んでいたからだ。

このまま本当に泣き出してしまうのでは、と心配になるくらい、彼の表情は親に捨てられた子供のように悲しみを訴えていた。

その瞬間、エリザの張りつめた緊張の糸は切れてしまった。

そんな顔で、なんてことを言うの……。

そう思ったのが最後で、エリザの意識はどこかに沈んでいった。

エリザがちゃんと目を覚ましたとき、すでに陽は高くまで昇っていた。

窓から入る光の角度を見る限り、昼を回っているだろうと思われる。

ベッドには、ひとりきりだった。

身体はさらりとしていて清潔で、整ったベッドに寝ていたものだから、もしかしたら昨日のことは夢だったのかもしれないと、一瞬疑ってしまった。

だが夢ではない。まだ軋む四肢と秘所の奥の疼きがそれをはっきりと教えてくれる。

頭が痛い、と自分の頭を抱えたのは、昨夜、いつもより少し多く飲んだ葡萄酒のせいではなく、決して忘れることのできない昨日の経験のせいだ。

いったい、自分は何をしてしまったのだろう。

あの人に失恋したことは、自分にとってかなり衝撃的なことだった。心に深いダメージを負い、思考が麻痺したようなものだった。

だが、冷静さを完全に取り戻した今は、なんてばかなことをしでかしたのかと、後悔しか残っていない。

とりあえず起きて顔を洗おうと浴室へ向かい、そこでまた顔が熱くなった。夜中のことを思い出してしまったからだ。

昨夜、ベッドで意識を失くして次に目が覚めたとき、身体は心地よいぬくもりに包まれていた。すぐに、湯を張った浴槽の中にいると気づいて慌てたが、後ろからオネストに抱き抱えられていると知り、びくりと身体が跳ねた。

『――な!?』

『危ないな。じっとしていろ。べとべとになったままじゃ気持ち悪いだろうと思って風呂に入れてやってるんだから』

『そんな――』

入れてくださいと頼んだわけではない、とエリザは言いたかったが、彼は後ろからエリザの身体に手を回し、肩も腕も胸もその下まで繊細な手つきで撫でている。

『や、ちょ、あっやだ、なんです!?』

『洗ってやってると言っただろ』

『で、ですけど――!』

彼が当然のように言うものだから、自分がおかしいのだろうかと一瞬迷う。

しかしすぐに、介助される必要のない成人女性が成人男性にこんなふうに洗われるのはおかしいと、はっきり思い出して身を捩る。

『ま――まって、まってくださ……っん！　やっ』

本気で抵抗しようとしたが、彼の手が慣れたようにエリザの秘所に伸ばされ、器用な指が陰唇を割って中に滑り込んで来ると、思わず身体が反応してしまう。

びくびく、と震えているのに、彼の指は止まるどころかさらに深く差し込まれ、抜き差しを始めた。

『やぁ……っん』

『掻き出してやってるんだ、じっとしていろ』

『や、やぁ、あっん』

身じろぎをするとお湯がばしゃりと跳ねるが、それよりも、彼の指の方が激しく動いている。それに、洗っていると言いながら、彼のもう片方の手はエリザの乳房を摑んで放さない。

『あ、あっやぁ、だめ、おゆ、はいっちゃ、あんっ』

いやいや、と子供のように顔を振ると、彼は勢いよく身体を起こした。そして、堪らず逃げようとしたエリザが浴槽の縁に手をかけると、膝をついたまま背後から覆い被さり、後ろから指を差し入れてきた。

『あ、あ、あっ、あぁあんっ』

ぐちゅぐちゅと泡立つような水音と、ばしゃばしゃと激しい水音が同時に響く。彼の手はエリザの陰唇から溢れるもので濡れていった。

彼はエリザの内部を掻き回しながら、後ろからエリザを抱き抱えるようにして、濡れた髪を掻き分け、肌に何度も吸い付いてくる。跡を残すつもりなのか、時折強く噛みついた。それに肩を竦めてしまったのは、小さく達してしまったからだ。

秘所を責められながら、そんなことをされれば誰だって感じてしまうはずだ。

そう思ったけれど、エリザは彼の手が止まるまで、それに耐えているしかなかった。

いったい何度達しただろう。数えることもできないほどに疲労を抱えてもう一度湯船に沈んでしまいそうだったエリザを、彼はちゃんと掬い上げ、大きなタオルで丁寧に拭いてくれた。

身体はいろんな意味でホカホカとしていて、抵抗する力も残っておらず、そのままもう一度眠ってしまいそうだったけれど、髪まで丁寧に拭ってくれる彼の身体の中心で、はっきりと存在を主張しているものが目に入り、びくりと震えた。

あんなものを、一度でも受け入れた自分に驚きだった。

そして、まだ勢いが治まっていない彼の様子に、このままどうなるのかと不安が募《つの》る。

しかし彼は、いつの間にかシーツを取り換えていたベッドにエリザを寝かせて、ちゃんと布団まで掛けた。

『さすがに、もうしない。疲れただろう。もう寝てしまえ』

疲れさせた張本人の言うことだろうか、と思ったけれど、あまりの心地よさにエリザは彼の言うとおり睡魔《すいま》に襲われていた。

『明日はゆっくりするといい。侍女長には、休むと言っておく』

それは、困る。

地味で真面目だけが取り柄のエリザが急に休むなど。しかも侍女に人気の騎士から伝えられるのだ。その後が怖すぎる。だが、自分が思っている以上に身体は疲れていて、何も言うこともできずそのまま眠ってしまった。

そして、今だ。

職場に出勤するのが怖い。

エリザはベッドの上に蹲《うずくま》り頭を抱えた。

なんてことをしてしまったのだろうという悔恨とともに、エリザは動けるようになるまでずっと沈んでいることしかできなかった。


そしてエリザは日常に戻った。

あのあと、恐る恐る職場に行ったが、侍女長も周りの侍女仲間も、いたって普通の対応だった。

いつもと同じように、真面目なエリザと「おはよう」と挨拶をし、一日の予定を話し合い、与えられた仕事をこなす。

黙々としていれば、あっという間に一日が終わる。

会議で使われた部屋を片付けたり、使う予定の部屋を整えたり、夜会用に使う銀食器を拭いたり、いつもと変わらない仕事をして慌ただしく一日を終える。

そこで、エリザはようやくあれ？　と気づいた。

昨日は思わなかった。今朝も思わなかった。

しかし、今は思う。

――夢だったのだろうか、と。

今日は何人かの騎士とすれ違った。

見回りの騎士とはたまにすれ違うし、顔見知りになれば会釈《えしゃく》くらいはする。

その中に、あの人を見かけた。

相変わらず真面目な顔をして、侍女に対しても礼儀正しいあの人に、すれ違いざまに頭を下げた。

婚約おめでとうございます、くらい言うべきだっただろうか、と今更ながらに思ったが、そんなことを自然に考えた自分に愕然とする。

あんなに想っていたのに。

ばかなことをしてしまうくらい、あの人を想い続けていたのに。

今のこの気持ちは、なんなのだろう。

ほんの数日前まで、どこかであの人とすれ違わないだろうか、自分の行き先にあの人がいないだろうかと、必死になって探していたのに、今日はすれ違うまであの人の存在に気づかなかった。

その変化に気づいてしまった。

——私は今日、いったい誰を探していたの？

エリザは慌ただしい一日の中で、無意識に視線をさまよわせていたことを思い出した。

廊下の陰や庭の奥、会議中の騎士たちの中に、誰を探していたのか。

そして一度も会えなかったことに、びっくりしていた。

あんなことがあったのに。

あんなことになったのに。

彼は、エリザに会いに来なかった。

オネストを、一度も見かけなかった。

だから、夢だったのだろうかと思ってしまったのだ。

頭を抱えてしまったのは、後悔からではなく、不安に襲われたからだ。

明日も会えなかったらどうするのだろう。

怖い、と素直に感じてしまい、エリザはその夜、部屋でひとり震えて過ごした。

不安であまり眠れなかったが、朝を迎え、同じ一日を始める。寝不足とはいえ、仕事に手を抜くことはできない。

だが、普段通りに仕事をしながらも、視線は時折さまよい、誰かを探していた。

「――あ」

オネストを見つけたのは、お昼を過ぎたころだった。エリザは休憩を終えて次の仕事に向かう途中で、庭先で警備中であろう彼を見つけた。

思わず、足を止めて見てしまった。

よく見ると、彼はあの人と連れ立っていて、何かを話しながら歩いている。

動かない不審な侍女など目立つだろうに、あの人はこちらを見ると軽く会釈をした。それに気づいてエリザも頭を下げたが、オネストと視線が合わなかったことに愕然として、通り過ぎる背中をそのまま見送ってしまった。

何？　なんなの？　いったい彼は何を考えているの？

あれほど、あんなにもエリザを求めて、怒りすら籠もった想いをぶつけてきたのに、まるで知らない人のように無視をした。

その日の終わりにまた彼を見かけた。今度はひとりだった。

しかし彼は遠くからエリザを見ただけで、口元を歪めるように笑い、そのままどこかへ立ち去った。

何――!?

ますますわからなかった。

翌日、エリザは仕事をしつつも、それまで以上にオネストを探した。

彼はすぐに見つかった。陽の当たる廊下の窓を拭いていると、その向こうに彼がいたのだ。ひとりではなかった。同僚の騎士と一緒でもない。エリザの同僚の侍女と話していた。

何かおもしろいことを言ったのか、互いに笑い合っている。しばらくして話を終えると、彼はその場を立ち去る前に、エリザを見た。

彼は、エリザが彼を見ていることを知っていて、他の女性と談笑し、エリザに何も言わずに行ったのだ。

それからも、オネストは何度もエリザの視界に入って来た。

そのうち一度は、エリザが同僚たちと荷物を運んでいるとき、後ろから声をかけてきた。

「——落とし物だよ」

そう言ってエリザではない侍女に何かを渡し、同僚らににこりと微笑みかけて去って行った。

エリザには、見向きもしなかった。

「なんなの——彼！」

「ど、どうしたの？」

これまでの不満が溜まって、思わず声に出していたらしい。同僚が心配そうに聞いてくるが、エリザはオネストが立ち去った方を睨んでしまった。

「彼、侍女に対して馴れ馴れしくない？　近衛騎士だっていう自覚があるのかしら」

「そ、そう？」

「確かに話しやすいけど……」

「でも、礼儀正しい人じゃない？」

他の同僚が彼を庇うことにも苛立ちを覚えた。

礼儀正しいなんて！　彼が、私に何をしたのか、知らないから――。

エリザはこんなにも感情を乱されている自分に気づいて、驚いた。

「私……」

「どうしたの？」

ぽつりと呟いた声を、同僚に拾われたけれど、エリザはひとりごとのように答えた。

「……おかしくなっちゃったみたい」

首を傾げる同僚たちに、自分だって首を傾げたかった。

そして頭を抱えたくなった。

五年だ。

五年もあの人を想い続けていたのに、一度彼と関わっただけで、彼のことしか考えられなくなっている自分がいる。

彼が自分を見ないと不安になる。

彼が他の人と話していると、悲しくなる。

彼が女性と笑っていると、苛立ってくる。

彼を見つけても、嬉しくなんてない。

少しも自分に近づいてくれないから、不満しかない。

こんなの、おかしい。

こんなの、私じゃない――。

エリザは、自分の感情をうまく扱えず混乱した。

あの人を想っていたときは、こんなことは一度もなかったのに。

そう思うと、彼に乱される自分が悔しくてならなかった。

オネストがエリザを見て誘うように笑ったのは、それからまた数日経った日のことだった。

誘っている、とどうして思ったのか。

彼はエリザを見つめると、不敵な笑みを残して背中を向けた。エリザもちょうど休憩に入ったところだったから、人気のない方へ向かう彼を追いかけてしまった。

彼はどんどん庭の奥へと進み、建物の向こうへ消えてしまいそうになる。

エリザは慌てて追った。

「ねえ――」

とうとう背中が見えなくなって、焦りを感じて思わず声を上げた。

「ねえ、待って」

彼は、エリザの言葉を受けて、その先で待っていた。

「なんだ？」

いつも愛想よく笑っている彼だが、エリザはわかっている。その顔が、本当に笑っているわけではないことを。

「どうして――何も言わないの？」

「何も、とは？」

「だって、あんなことして――」

「あんなこと？」

繰り返されて腹が立ったけれど、「あんなこと」がなんなのかは、お互いにわかっているはずだ。それを口にできないエリザを嘲笑うオネストに苛立ちが募る。

「だ、だから、だって……あなたが、あの」

「俺が？　何？」

あくまでも、自分は何も知らないといったスタンスを崩さないオネストに腹が立ち、エリザはとうとう彼を睨み付けた。

「もう！　知らないふりをしないで！」

「知らないふりなんてしてないだろ。俺はもう言いたいことは言った。あとは君が、何を言うかだろ」

「――――」

突き付けられた言葉に、エリザは目を見開いて、そして気づいた。

オネストがあの夜何を言ったのか。

そして、自分がどう思っているのか。

何をしたいのか、何を求めているのか。

気づいてしまうと、狼狽えてしまう。

頬が熱くなり、自分の感情に戸惑い視線をさまよわせて、目の前に彼がいることに緊張してそわそわする。

「あの……あの」

この期に及んで、また「あの」としか言葉が出て来ない自分に呆れる。

ちらりと彼を見ると、彼は背後の壁に寄りかかり、余裕を見せつけるように悠々と腕を組んで待っていた。

その姿が憎らしい。

こんなにも不安で恥ずかしくて気まずくて、一言では言えない感情に振り回されているのがエリザだけだと思うと、そんなふうにエリザを変えてしまった彼が憎い。

そして、彼が自分を見ている。

目の前にいる。

それだけで喜んでいる自分にも腹を立てていた。

もう、なんてことだろう。

エリザはその想いに不満を感じながら、いまだ余裕を見せているオネストを睨み付けた。

「――私、嫉妬《しっと》深いのよ」

「……へぇ」

目を瞬かせただけで驚いたふりをする彼をさらに強く見上げる。

「他の人と笑ったりするのも嫌なの。仕事だとしても、嫌」

「そうか」

「私、心が狭いの。他の女の人と一緒にいるのなんて、絶対に許せない」

「うん」

「私の知らないところで、誰かと会ってると思うと、殺してしまいたくなるわ」

「怖いな」

「もちろんふたりとも殺しちゃうわ。特に、男の方は念入りに、切り刻むわ」

「それはそれは」

「絶対に、もう、私しか見ていないってわかるまで、しつこくするわ」

「なるほど」

「もう嫌って言われても、離れてあげないから。すごく面倒で嫌な女なのよ、私」

「ああ」

本当に聞いているのかと疑うほど、簡単に相槌を打つ彼に腹が立つ。

「だから、安心な人を好きになりたかったのに」

エリザは彼を睨んだが、拗《す》ねた子供のような目になっていた。

「――あなたのことしか考えられなくなったのよ、どうしてくれるの？」

オネストが笑った。

陽の光を浴びてきらきらと輝く髪に、真昼の空の色をした瞳で、嬉しそうに笑った。

「それは、俺のものになるしかないんじゃないか？」

その笑みが、本当に憎らしい。

こんなにも簡単に、エリザを喜ばせる彼の笑みが、本当に憎い。

エリザはオネストに手を伸ばした。

その手は拒絶されることなく受け入れられて、あの夜、安堵を覚えたぬくもりを確かに思い出させてくれる。

彼の背中に、ぎゅう、と力を込めて手を回しながら、胸に顔を伏せて彼の心を聞く。

とっとっとっ、と速い鼓動に、エリザの心が浮き立った。

嬉しくて、笑わずにはいられない。

そのまま彼を見上げて、言った。

「違うわ。あなたが、私のものになるの」

彼の笑みがゆっくりと降りてきて、エリザは喜んで受け入れた。

苦しくなるほど唇を塞がれたって、もう構わない。

「――それも、いいね」

ソーニャ文庫アンソロジー

騎士の恋

わたくしは形だけの妻ですから

春日部こみと

1

　リットン伯爵夫人、マチルダ・イヴリン・ブランドンの朝は早い。

　この国を統《す》べる女王陛下シャーロット二世の筆頭近衛騎士として、王城勤めをしている夫に代わり、領地リットンを治めているからである。つまりマチルダはリットンの御領主様の名代《みょうだい》なので、民からは『名代様』と呼ばれている。

　領主の妻なのだから、そこは『奥様』でいいのではないかと思うかもしれない。だが、そこにはマチルダのこだわりがあるのだ。

　ともあれ、マチルダは名代様であるがゆえに、毎日朝から大忙しなのである。

　今朝ももちろん、使用人が起こしに来る前に目を覚ました。ベッドを降り、自らカーテンを開いて朝の陽光を取り入れながら外を眺める。だが窓ガラス越しでは飽き足らず、留め具を外して窓を押し開いた。

　金の太陽が昇りゆく空は、さながら絵画のように美しい。古い神話では、暁の女神《アウローラ》が空を舞い、陽光を編んで拵《こしら》えた金のショールを振って、夜の名残《なごり》をそっと西へと追いやるのだという。

「女神様のワルツ、か。神々しくて当たり前ね」

ふふ、と笑って言った呟《つぶや》きに応えるようにノックの音がした。

マチルダは景色を見つめたまま「どうぞ」と入室の許可を出す。ドアを開く音と共に「失礼いたします」と聞き慣れた女性の声が聞こえてきた。やや低めの威厳のある声は、女主人付き侍女《レディーズメイド》のアヴァだ。

マチルダよりも四歳年下のアヴァは、その声の印象と同様に厳正、それでいて情に厚い性格で、マチルダのみならず使用人たちからも信頼されている。二十五歳という若さながら、このリットン伯爵邸の陰の実力者と言っても過言ではない。

「おはようございます、マチルダ様。そのような薄着のまま窓際に立たれては、お風邪を召されます。御身はお一人のものではございません。気をつけていただかなければ」

朝の挨拶《あいさつ》と同時にお説教を言われ、マチルダは苦笑いしながら後ろを振り返った。

「そうね、気をつけるわ」

お説教モードのアヴァには逆らわないのが得策である。

そんな女主人に厚手のウールのショールを手早く巻き付けると、アヴァはてきぱきと朝の身支度をしていった。陶器の洗面器にお湯を注いでマチルダを促《うなが》すと、自身はリネンを持ってその隣に立つ。顔を洗い終えた主人にリネンを手渡し、今度は用意してあったモーニングドレスを二着広げてみせる。朝焼けのような橙色《だいだい》と、夜空のような藍色を目にして、マチルダは夜色を指さした。

「今日は藍色の方にするわ。馬を駆るから」

藍色のドレスは比較的緩やかな作りになっていて、コルセットも簡単な物で済むのだ。

マチルダの言葉に、アヴァは微かに眉を寄せる。

「馬車になさいませんの？　雪が降ってきては大変ですわ」

「空を見てご覧なさい、雲一つないわ。今日は良い天気になるはずよ。冬の晴天は珍しいのだから、この機会に領内を視察してこないと。冬越しが順調かどうか、あと家畜に病気がないかどうかも気になるし。それと、高齢者の一人暮らしには冬の寒さは堪《こた》えるでしょうから、顔を見て無事を確認しておきたいの」

豊かな穀倉地帯が広がるリットンは、その財源の半分を農業に頼っている。気候や作物、家畜の病気の有無によって簡単に揺らいでしまうということだ。来年の収穫を大きく左右する冬越し――つまり来春のための準備期間にも、細心の注意を払わなくてはならない。

領主の鑑《かがみ》のような発言に、アヴァは小さく息を吐き出した。

「……本当に、奥様には頭が下がります」

『奥様』という呼称にマチルダは片眉を上げる。アヴァが敢えてその呼称を使う時は、決まって彼への不満が飛び出すからだ。

「頭を下げられることなんてないわ。わたくしは自分の責務を果たしているだけだもの」

マチルダは心からそう思っている。夫であるリットン伯爵――ローガン・アイザック・ブランドンの代わりに、このリットンを上手く采配《さいはい》するのが、自分に求められている唯一の務めなのだから。

だがアヴァはそれを謙遜《けんそん》と捉えたのか、いいえ、と首を振った。

「あなた様ほどこのリットンの施政者《しせいしゃ》としてふさわしいお方はおられません。いっそのこと『名代様』などではなく、『ご領主様』とお呼びしたいほどですわ！」

「アヴァったら」

「マチルダ様の懸命かつ健気な献身を、あのぼんくらご領主様はどうお考えになっているのやら……」

アヴァはよほど悔しいのか、滅多なことでは変わらぬ顔色を紅潮させて怒っている。だが女主人である自分のことを思ってくれての発言だと分かるだけに、マチルダはやれやれと溜息を吐いた。

「あのね、アヴァ。何度も言うけれど、ローガン様とわたくしの結婚は、政略でしかないのよ。アヴァが怒る理由なんてないわ」

このリットンに嫁いで来てから、自分の中でも何百回と繰り返してきた事実の確認をしながら、マチルダは苦く微笑む。

これを知るのは、リットンではアヴァだけだ。女王が絡んでくる事柄であるだけに内密にするべきではあるが、マチルダには味方が必要だった。自分がいずれリットンを去る時、ここで成してきた仕事をスムーズに引き継ぐためには、仲介者が要るからだ。マチルダ自身が後任者に引き継ぎができれば一番良いのだろうが、まさか離縁した前妻を領地に長く滞在させるわけにもいかないだろう。

アヴァは口が堅く仕事への真摯な態度から信頼に足る人物だと判断した。なにより、頭が良い。マチルダが行った仕事の内容を理解しなくてはならないため、それ相応の賢さが必須だ。マチルダが見た中で、アヴァほど頭の良い者はいなかった。

故に、アヴァは主《あるじ》夫妻の秘密を知っているはずなのだが、そこに納得はしていないようなのだ。

今もマチルダの言葉に口は噤《つぐ》んだものの、仏頂面はそのままに主にドレスを着せ始めた。

マチルダは密かに溜息を吐いて、目を閉じ、心の中でいつもの呪文を唱える。

（わたくしはローガン様の名代……）

『名代様』は、マチルダの存在意義だ。ローガンのため。ひいては女王のために――マチルダはここでローガンの名代を務めている。

「さあ、行きましょうか」

目を開くと、マチルダは笑顔で言った。

今日も、『名代様』としての一日が始まる。

＊　＊　＊

マチルダの夫であるローガンは、前リットン伯爵家の次男坊で、嫡男である兄が伯爵位を継いでいたことから、爵位を持たない一介の騎士でしかなかった。ところが昨年その兄が未婚のまま急逝《きゅうせい》したことから、思いがけず爵位と領地が転がり込んできてしまったのだ。

女王陛下の乳兄妹でもあるローガンは、領地ではなく王宮で育ったと言っても過言ではなく、成人してからはそのまま女王の近衛騎士となった。領地住まいだった兄とは違い、領地のことも領地の施政のこともまったく学ばないまま領主になってしまった彼は、当然ながら窮地に陥った。

なにしろ筆頭近衛騎士であるため、女王の傍を離れることなど罷りならない。だが遠き領地リットンも治めなくてはならない。身が二つあれば良いが、そうもいかない。信頼できる者に領地経営を任せればとも考えたが、その信頼できる者が彼にはいなかった。親戚筋には、度量も覚悟もないのにあわよくば甘い汁を吸おうとするような者しかおらず、父の代からの家令ももう高齢だ。

どうしたものかと頭を悩ませていたところに、女王が提案してきたのだ。

「それならば、結婚すれば良かろう。お前ももう三十路《みそじ》だ。嫁を貰ってもおかしくない年齢ではないか。信頼できる娘を嫁にして、領地の采配を頼めばよい。万事解決だ」

そして呆気に取られるローガンの前に差し出されたのが、女王の侍女をしていたマチルダだったのだ。

「私の女官で一番賢いのはマチルダだな。どうだ、マチルダ。リットン伯爵夫人になってみないか」

無論、マチルダは驚いたし、猫や犬の仔のように下げ渡されようとしていることに呆れもした。だがその時の女王の表情ときたら、さながら女神のように神々しかった。月光のような銀髪をサラリと肩に流し、サファイアブルーの神秘的な瞳に甘い笑みを浮かべられると、その美貌に圧倒されて、怒りも呆れもどこかへ飛んで行ってしまったのだから仕方ない。

『妖精の女王』という異名まで持つお方は、その圧倒的な美貌とカリスマ性で人々を魅了する。彼女に魅入られ、否やと言える強者はなかなかいないだろう。

その上、マチルダは女王にこれ以上はないほどの恩がある。マチルダは公爵令嬢ではあったが、両親が早逝し他に身寄りもなかったため、従姉である女王が後見人となり、王宮に引き取ってくれたのだ。その大恩ある人に軽々しく文句など言えようはずがない。

(――それに……)

マチルダはチラリとローガンを見た。

女王の乳兄妹にして筆頭近衛騎士であるローガンは、見目麗しい男性だ。輝く金の髪、芽吹いたばかり新芽のような鮮やかな緑色の瞳、太古の神話に出てくる軍神アルースのように精悍《せいかん》で凛々しい容貌。宮廷でも彼に憧れる女官は多い。

だが、ローガンが女王の愛人であることは、広く知れ渡っていた。

齢《よわい》三十にして未だ王配を持たぬ女王シャーロットは、ローガンを寵愛しすぎるがゆえに夫を選ばないのだと言われていた。ローガンは爵位を有していないから、王配になることはできないのだ。

――いずれ頃合いを見て、王配になるのにふさわしい爵位を授けるのだろう。

それが周囲の見解だった。

(……つまりこれは、彼を王配に据えるまでの、仮初《かりそめ》の結婚、ということかしら……?)

女王は『一番賢いのは』と言った。そこには、『ローガンが女王のものだと理解し、決してローガンに愛されているなどと勘違いをしない』という意味も含んでいるということだろう。

(受けるべきなのか、断るべきなのか……)

マチルダは心の裡《うち》で逡巡《しゅんじゅん》し、困ったような微苦笑を湛えた女王と、怒ったような赤い顔で女王を睨みつけるローガンの様子を眺めた。

ローガンはこのナダル王国でも女王に物申せる数少ない人間の一人だったが、それでも天衣無縫《てんいむほう》な女王に振り回されている印象が強い。きっとこの件も、ローガンの意見など聞かずに女王の独断で発言されているものなのだろう。

自分の愛しい恋人に、他の女を宛てがわれて腹を立てているだろうに、優しく真面目な彼は、マチルダを慮《おもんぱか》って文句を言えないのだ。

本来ならば、女王に「結婚せよ」と命じられればマチルダに否やなどと言えようはずもない。

だが女王は敢えて提案という形を取ってくれた。元々結婚を無理強いするような横暴な性質の人ではないが、きっと女王の中にも、仮初とはいえ自分の恋人が他の女性と婚姻を結ぶ姿は見たくはないという思いがあるのではないだろうか。

ここは自分が辞するのが良かろう、とマチルダは黙ったまま瞼《まぶた》を伏せて頭を下げる。

「――大変光栄ではありますが……わたくしには、過分なお話でございます」

静かにそう告げたのに、女王は引き下がらなかった。

「いいや、お前だから言っているのだよ、マチルダ。むしろ適任者はお前以外にはいないのだ。――なあ、ローガン」

話を振られて、ローガンはますます顔を顰《しか》めた。

またいつもの悪ふざけか、とマチルダは嘆息する。女王は統治者としてはこれ以上ないほど優秀ではあるが、時に子どものようなイタズラをするところがあるのだ。恋人であるローガンをからかうのは日常茶飯事だ。

困ったものだと思っていたのが顔に出てしまったのか、女王はマチルダの顔を見て眉を下げる。

「ああ、マチルダはローガンの妻になるのは嫌なのか。まあ、真面目さだけが取り柄の面白みのない男だしなぁ……。女官の鑑と言われる高嶺《たかね》の花、マチルダ・イヴリン・マーシャル嬢には役不足かもしれんなぁ。まあ、それじゃあ仕方ない」

アハハと大口を開けて笑う女王に、マチルダは泡を食って首を横に振った。

「なっ……！　そ、そんな……」

マチルダはローガンの妻になるのが嫌なわけではない。

（そ、それどころか……！）

チラリとローガンを盗み見ると、マチルダごときに振られたていになってしまったことがショックだったのか、目を見開いて口を真一文字に引き結んでいた。

（そ、そうじゃないのです、ローガン様……！　逆！　真逆なのです！）

泣きたい気持ちでマチルダは更にブンブンと首を横に振る。

――そう。マチルダはローガンに恋をしていた。

十六歳で女王の侍女として王宮に出仕するようになってから、ずっと彼を見てきた。彼の煌《きら》びやかな容姿に惹かれたのではない。何があっても動じず、毅然と立つその広い背中に憧れたのだ。

今のローガンの地位は、女王の恋人という立場を利用して手に入れたという噂がある。

ローガン自身がそれを否定せず、言われるがままにしているせいで、その噂は瞬く間に広まり、あたかも信憑性《しんぴょうせい》のあるもののように言われてしまっていた。

実際には根も葉もないことであるのは、彼を知る者なら誰もが分かっている。

ローガンほど実直で勤勉な人間はいないからだ。

朝は誰よりも早く起きて鍛錬《たんれん》に励《はげ》み、また女王の側近として情報収集にも手を抜かない。今王宮でどんな人物が何人働いているか、その素性に至るまでの情報を頭の中に叩き込み、女王の周囲に危険が生じないように常時気を張って生きているのだ。

女王の恋人だからと驕るようなことは一切なく、自分の職務を全うすることに全身全霊を懸《か》けている。女王を守るために、彼がどれほどの努力をしているか、くだらない噂を立てる奴らに見せてやりたいくらいだ。

マチルダは未熟だった若い時、ローガンに「何故言わせたままにしておくのか」と半ば詰《なじ》るように訊《き》いたことがあった。するとローガンは淡々と答えた。

『事実ではないからだ』

『だからこそ釈明《しゃくめい》すべきなのではないでしょうか』

食い下がるマチルダに、ローガンは小さく息を吐き出した。

『陛下は無能な者を傍には置かない。それがなによりの釈明になる。それに、実績が伴えば口さがない者たちとて認めざるを得ない。認められていないのならば、私がまだ至らないのだろう』

『そんなことはありません！　ローガン様が誰よりも有能で、陛下のために苦心しておられるのは、皆存じております！』

思わず大きな声で否定すれば、ローガンは目を丸くした後、ふわりと笑った。

『あなたが――理解してくれている人がいるなら、努力する甲斐《かい》があるというものだ』

その笑顔があまりに眩《まぶ》しくて、優しくて、マチルダは込み上げてきた涙を散らすために、懸命に瞬きをしなくてはならなかった。

（理解しますとも！　あなたが誰よりも陛下のために生きているということを！　わたくしは、あなたを信じ続けます！）

忠誠も、愛も――彼が全てを懸けて女王に仕えているということを、自分だけは信じようと、マチルダはこの時に誓ったのだ。

（……思えば、自分の恋は永遠に実らないのだと悟ったのも、この時だったわね……）

マチルダは過去を振り返りつつ思う。

それでも良かった。彼女は従姉でもある女王シャーロットを敬愛していたし、女王に忠誠を尽くすローガンが愛しかった。彼らの傍でその愛を守ることができるのなら、自分の恋など実らなくても、それが本望だと思っていた。

（……ああ、だからなのね）

不意に理解に至り、マチルダは顔を上げて目の前の二人を見る。

きっと、女王はマチルダが二人の愛を心の底から応援していることを知っているから、助けてほしいと言っているのだ。

いつだったか、ローガンを高く評価する発言をしたマチルダに、女王が「お前は本当にローガンが好きだなぁ」とからかうように指摘してきたことがあった。内心、自分の横恋《よこれん》慕《ぼ》に気づかれて叱責《しっせき》されているのかとヒヤリとしたが、女王の表情は穏やかだった。だからマチルダは、思い切って自分の気持ちを正直に告げたのだ。

「わたくしはローガン様の陛下への敬愛と献身を、信頼し尊敬しております」と。

女王はあの時のマチルダの言葉を信じてくれているのだ。

（ああ……それならば、わたくしの取るべき道は一つだわ）

十六歳で両親を喪った際、打ちひしがれているマチルダを王宮に引き取り慰めてくれた優しい従姉と、尊敬する想い人のために、長い人生の数年間を使えるのだと思うと、胸が膨《ふく》らむような気持ちになる。

主のために。なにより、恋しい人のために――。

マチルダはニコリと微笑み、膝を折って最大級の礼を取る。

「陛下、ローガン様。そのお話、謹《つつし》んでお受けいたします」


――こうして、ローガンとマチルダの結婚は決まったのだった。

女王の後押しもあり、その後は驚くほど早く進んだ。

普通貴族の結婚ともなれば、婚約発表から結婚式まで少なくとも半年はかかるものだが、女王は「この私が、一刻も早くマチルダの晴れ姿を見たいのだ！」と笑顔で言い切って、結婚式を翌月に挙げさせてしまった。

もちろん、女王陛下たっての望みに文句を言う者は誰一人としていない。

女王は大張り切りでマチルダの花嫁衣裳を用意してくれ、当日それを着たマチルダを見て涙ぐみさえしてくれた。

「ローガンを頼んだぞ」

手を握ってそう言われ、マチルダは微笑んで頷いた。

（承知しております、陛下。私は、ローガン様の御領地を治めるために宛てがわれた、仮初の妻。いずれ彼が王配となる時には、速やかに身を引きます！）

全ては二人の愛を守るためだ。

離婚後は修道院に入るのも悪くないが、女家庭教師《ガヴァネス》になって少女たちの教育に携わるのもいいかもしれない。或《あ》るいは、外国に行ってみるのもいい。亡き父の公爵位と領地は親戚筋の男子に相続されてしまったが、マチルダには遺産として大金が遺されていて、生きていくには困らないのだ。

　この結婚は、誰かの妻になったというよりも、女王の侍女からローガンの名代へと職を変えたようなもの。

　無論、初夜などあっていいはずがない。

　マチルダは結婚式の後の宴《うたげ》で、周囲から（主に女王から）酒をしこたま飲まされている花婿を待つことなく眠り、翌朝にはいつの間にか隣で眠っていたローガンを置いて任地であるリットンへと発った。

　挨拶すらしないまま別れるのは気が引けたが、顔を合わせず別れた方がいいのだとも思った。ぐっすりと眠るローガンを起こすのは忍びなかったし、仕方ないとはいえ、女王ではない女と同衾《どうきん》したことを、生真面目な彼が気に病まないわけがない。

　目が覚めて、自分の顔を見たローガンが後悔の表情を浮かべるのを想像すれば、さすがにマチルダの胸が痛んだ。いくら分かっているとはいえ、恋した男のそんな顔を見たくはない。

　だから、ローガンの代わりに立派にリットンを治めることを誓う置き手紙を残し、逃げるようにして王都を去ったのだ。

ありがたいことに、リットンでは主の代わりにやってきた花嫁を、温かく迎え入れてくれた。当たり前だが、マチルダが仮初の妻だということは伝わっていなかったせいもあるのだろう。領主の妻として――名代として、リットンを上手く采配しようと懸命なマチルダに、皆は快く手を貸してくれた。おかげで、手探り状態で始めた領地経営も、無事に一年を終え新しい年を迎えることができたのだ。

＊　＊　＊

「おはよう」

マチルダがダイニングルームへ足を踏み入れると、家令のマックスが「おはようございます」と挨拶を返して、音もなく椅子を引いてくれる。マックスはローガンの父の代からの家令で、もう七十歳を超えている。さすがに身は細く力強さはないものの、その所作には熟練した美があった。

マチルダがテーブルにセットされたナプキンを膝にかけるのを待って、ティーカップに熱い紅茶が注ぎ入れられる。マチルダは食べ物を口にする前に、熱い紅茶を一杯飲むのが習慣になっているのだ。

「今日のご予定は？」

「天気の良い内に馬で領地を回るわ。今日は北部を。湖の氷の具合も見ておきたいし、トーヤとケリーダの小屋には必ず行くから、油と食料、あとは薪《まき》と炭《すみ》をいくらか持っていきます。用意しておいてくれる？」

トーヤとケリーダは老年の夫婦で、子がなく、周囲に家もない集落の外れに住んでいるので、誰かが定期的に見回ってやる必要があるのだ。近辺の人々も時折様子を見に行ってくれているようだが、マチルダも季節の変わり目には自分の足で訪ねるようにしていた。

「午後には戻ってくるつもりだから、面会者がいれば午後に。今日は誰を予定している？」

「ローメイン商会と、山造業者の組合の代表者が」

マックスの答えは淀みがない。それを心地好く聞きながら、マチルダは頭の中から今聞いた名の情報を引っ張り出した。

ローメイン商会は自社で大きな貿易船を有する、国内有数の貿易業者だ。リットンの農家が手作りしている林檎《りんご》のブランデーに目を付けたようで、リットンの名産物として大量生産をしてはどうかと提案してきている。悪くない話だとは思うものの、ブランデーは熟成させるまでに年月を要する。大量生産のための工場を作ったとしても、結果を得るのは早くて数年後、その間の職人たちの給与を確保できるだけの蓄えが必要となるし、失敗すれば目も当てられない事態になるだろう。様々な角度から検討し、慎重に結論を出さなくてはならない。

山造業者の組合とは、林業――即ち樵《きこり》たちの組合だ。領地の四分の一が森というリットンには林業に携わる者が多いのだ。これまで個人で木を切って薪を売る生活をしていた彼らは、非常に効率の悪い仕事の仕方をしていた。一人で木を切るには限界があるからだ。

だが、一人では小さな仕事しかできなくとも、集まれば大きな仕事をこなせるはず――そう考えたマチルダは、彼らを集めて組合を作らせたのだ。個人では買えなかった大型伐採機や運搬機なども、金を出し合えば購入できる。領地の業者が潤《うるお》うことは、リットンが潤うことと同義である。農業が主な収入源であるリットンは、その経済が気候に左右されがちだ。人の力の及ばぬ所に左右されてしまうのでは、あまりにも不安定だ。故に、財源をもっと多様化するべきだとマチルダは考えており、この山造業者の組合はその一環なのだ。

どちらも面会時間が長引きそうだと思い、マチルダは紅茶を一口飲んだ後、マックスに告げる。

「では、昼食を組合の代表者と、夕食をローメイン商会と取ることにします。先方にそう伝えておいて。それと、わたくしがこの間纏《まと》めていた資料をだしておいてくれるかしら？　七九六番と一〇三二番よ」

「畏《かしこ》まりました」

「それからマックス」

「はい」

「今朝の紅茶もとても美味しいわ。ありがとう」

「……もったいないお言葉です、奥様」

相変わらずの呼称に、マチルダは苦笑を零した。マックスはとても優しく献身的だけれど、どれほど言っても、彼女を「名代様」と呼んでくれない。

アヴァとマックス、この二人だけは、マチルダをあくまでローガンの妻として扱いたいらしい。アヴァはともかく、マックスは事情を知らないはずなのだが。

それを申し訳ないなと思いつつも、どこか救われている自分がいることに、マチルダも気づいている。だが、この感情を掘り下げてはいけないことにも気づいていた。

紅茶を飲み干した頃合いに、卵料理が給仕される。半熟状態のスクランブルエッグと、ハーブの入ったソーセージ。どちらもこの領地の農家が持ってきてくれるものだ。焼きたてのブリオッシュを手に取ると、美味しそうな小麦の匂いが鼻腔をくすぐった。

「小麦の備蓄量は？」

「まだ十分に」

毎日自分が口にするものは全て、この領地の国力を推し量る指標になる。それをさりげなく教えてくれたのも、この物静かな家令だった。

自分は恵まれているのだ、とマチルダは思う。皆が助けてくれたから、ここまでやってこられた。ありがたいことだ。

食事を終えると、マックスが珈琲《コーヒー》の注がれたカップときれいにプレスされた新聞をテーブルの上に置いてくれた。

「ありがとう」

礼を言って見上げると、皺だらけの顔が満面の笑みを湛えている。家令は冷静沈着であることが望ましいとされ、模範的な家令であるマックスもまた無表情でいることが多い。こんなふうに感情をあらわにする彼に少々驚きつつも、マチルダは新聞を開いた。

「――――！」

その一面を目にして、息を呑む。

心臓がドクンと音を立てて、指先が冷たくなっていくのを感じた。

（……なるほど……）

マックスの笑みの理由が分かった。

マチルダは指で新聞の見出しの文字を撫《な》でる。

『女王陛下、ご成婚へ!!』

そこには、長らく独身を貫いてきた女王シャーロットが、在位二十年を迎えるこの年、ようやく王配を決めると宣言したという吉事が書かれていた。

シャーロットは若い頃に三度も婚約したのに、それら全ての話が立ち消えになったという曰くつきの女王でもある。それ故、国民の喜びもひとしおなのだ。

「――そう。いよいよ、なのですね……」

薄い笑みを口もとに浮かべて呟くマチルダに、マックスが笑顔のまま頷く。

「はい。ようやく、旦那様がこのリットンに戻られます」

王が結婚すると同時に、王宮に職を持つ者たちに大規模な人事異動が行われるのがこの王国の慣例だ。王宮内の人員の若返りを意図して行われるのだが、その人事異動の多くは昇進であることが多い。

例外はその職の最高位である者の処遇だ。それより上の位がない場合、引退を意味することになる。不満が出そうなものだが、案外そうでもない。最高位の者は爵位を持つ貴族であることがほとんどで、引退後は領主として自領を治めるのである。

貴族の家に生まれると、その子どもは学業を修めた後、よほどの理由がない限りは王宮に放り込まれて扱《こ》き使われる。若い内に上下関係や労働とはどういうことなのかを叩き込まれるのだ。そして最高位に達する――即ち能力が熟練した頃に解放されたかと思うと、今度は領地を治めるために奔走しなくてはならない。貴族を領主として教育するための仕組みである。

貴族とはさほど優雅でも暇でもないものというのがこの王国なのだ。

つまり、近衛騎士団長であるローガンもまた現在の職を辞し、ここリットンへ戻ってくることになるわけである。

三代に亘《わた》ってこのリットン伯爵家に仕えてきた家令にとって、本来の主を迎えられることはさぞや嬉しいことだろう。喜びを隠せないマックスに、マチルダは「ええ」と首肯した。

ローガンとマチルダの結婚が仮初であることを知っているのは、このリットンではマチルダとアヴァだけだ。何も知らないマックスは、やっと領主夫妻が寄り添い合えると喜んでくれているのだろう。

(……ごめんなさい、マックス)

好意を無下にしているような気持ちになって、マチルダは心の中で謝った。

女王が王配を決める——つまり、マチルダがこの地を去る日が来たということだ。

ローガンは女王の王配となるのだから、仮初の妻は、その役目を終えなくてはならない。

ツキン、と胸の奥を針で刺すような痛みが走り、マチルダはわずかに眉根を寄せる。気のせいだ、と思い込もうとするのに、そうすればするほど、痛みは鮮明になっていく。

(……我ながら、未練がましいこと……)

マチルダは自嘲した。今感じている痛みが、浅ましい未練であることは分かっている。

この結婚を承諾した時から覚悟してきたはずなのに、いざ手放す時が来たことをこんなにも口惜しく思ってしまっている。

ローガンの名代として治めてきたこの土地を、もうすっかり愛してしまっていた。

最初は、恋する人を助けるためだった。このリットンを豊かにせねばと懸命になるうちに、まるでこの領地が自分とローガンとを繋ぐ絆のように思えてきた。領民を、領地を、いつの間にか、時には母のように、時には我が子のように感じていた。

家族のように思っていた全てから手を放し、この土地を離れなければならないと思うと、身を切るような心地にさせられる。

（……でも、それが、わたくしの選んだことだもの……）

マチルダは静かに瞑目し、雑念を追い払った。

それまでに、やらねばならないことが山積みだった。

2

ナダル王国近衛騎士団長、ローガン・アイザック・ブランドンは機嫌が良かった。

『女王陛下の番犬《ケルベロス》』とあだ名された強面《こわもて》を綻ばせ、時折鼻歌すらも零しつつ職務に勤しむ様子に、部下たちは一様に蒼褪《あおざ》めていた。

なにしろ、謹厳実直《きんげんじっちょく》にして剛毅木訥《ごうきぼくとつ》、私語はもちろん、軽口を叩くところなど見たことがないという人物である。いつも眉間に皺を寄せ、口を引き結んでいるため、女王陛下からは『拳骨面《げんこつづら》』などという二つ名までつけられている。

——騎士団長は笑わない。

それが騎士団員たちの認識だったのだ。

それなのに、最近のローガンの様子は、まるで誕生日の贈り物を心待ちにする子どものような有様。これは何か天変地異の前触れなのではないかと、屈強な騎士団員たちが戦々恐々とするのも無理はない事象なのである。

「おい、ローガン。その薄気味悪いにやけ顔をなんとかしろ」

言いたくても誰も言えなかったことをズバリと言ってのけたのは、近衛騎士団の詰所に唐突に現れた、妖精かと見紛うような美貌の少女だった。

月光のごとくに輝く銀髪を結い上げ、華奢な身には淡い菫色《すみれいろ》のドレス。小さな顔の中には、目の覚めるようなサファイアブルーの大きな瞳が煌めいている。

「陛下！」

驚くローガンの声を皮切りに、その場にいた騎士全員がザッと跪《ひざまず》いて、騎士として最上級の礼を取った。

それもそのはず。彼女こそ、このナダル王国の女王シャーロット二世なのである。

ちなみに、少女のような姿であるが御年三十一歳の立派な成人女性、そして見た目とは裏腹に、中身は猛獣であることを、傍に仕える近衛騎士たちは知っている。

そんな高貴なお方が、王宮内とはいえ近衛騎士の詰所なんぞに気軽に姿を現すなど非常識なのだが、このお方に関しては非常識などという言葉は通用しない。

恐れ多くも、非常識を体現した存在と言っても過言ではないのだから。

今も、自分に向かって膝を折る騎士たちに、鬱陶《うっとう》しそうに手をヒラヒラと振って言った。

「ああ、お前たちみたいなでかい男たちに集《たか》られて跪かれると、暑苦しくてかなわん。せめて立って風通しをよくしろ。それと、私に構わず自分の仕事をしてくれ」

近衛とは王を守ること――つまりこの近衛騎士団は女王を守るために存在するのに、構わずに、などと言ってのけるのが、彼らの主シャーロット二世なのである。

女王の言う通りに、騎士たちがバラバラと立ち上がり各々の仕事を再開し出したのを確認して、ローガンは女王に向き直る。

「それで、陛下。何故このような場所までおいでに？」

暗に女王がこんな所までホイホイ来るなという意味を込めて訊《たず》ねれば、女王はにっこりと破顔した。

「そりゃ、お前、明日にはリットンへ向かうのだろう？　しばらくその拳骨面を見ることもないだろうから、眺めておこうと思ったんだよ」

「一度帰るだけでしょう。すぐにこちらに戻る予定だと申したではありませんか」

呆れて言えば、女王はニヤニヤとした笑みを浮かべて肩を竦《すく》める。

「渡す物もあったのでな。私の部屋に行くぞ。それに……果たして、すぐ戻れるかな？」

言って、女王はスタスタと歩き出してしまう。

ローガンはその後を追いながら眉を顰《ひそ》めた。女王の意味深長な物の言い方に、また何か不穏な事態が起こったのだろうかと穿ったからだ。

「リットンに何かあるのですか？」

「マチルダがいるだろう」

血相を変えて訊ねたローガンに対して、答える女王の表情は平然としていた。

互いに見つめ合って数秒間沈黙し、ローガンはジトリとした眼差しになる。

「……てっきり何かまた不穏な動きをする輩が出たのかと」

「不穏な動きをしておるのは貴様ではないか、このむっつりスケベ」

ウヒヒ、と顔に似つかわしくない下卑《げび》た笑い声を上げる女王に、ローガンは頭を抱えたくなった。今そんな話をしていただろうか。

「陛下、私はてっきり、我が領地で私が戻れなくなるような問題が起きているのかと思ったのですが」

「マチルダからの報告は来ていないのか？」

「それは……もちろん、来ていますが」

ローガンは目を瞬く。報告書は月の終わりには妻から必ず送られてくる。

愛らしいローガンの妻は、愛らしいだけでなくとても賢く有能だ。二役をこなせない不甲斐ない自分に代わり、自領リットンを差配してくれている。その腕前は王国を治める女王も舌を巻くほどで、自分が治めるよりもよほど上手く回っていると思ってしまうくらいだ。

（無論、戻れば彼女に負けないように精進せねばならんが……！）

夫として良い恰好をしたい。なにしろ、良い恰好をするどころか、結婚式以来、一年以上も妻の顔を見ることができていないのだから。

「目を通しているのだろう？　そこに問題があると書いてあったか？」

「いえ。特には」

「ならばリットンには問題がないのだろう」

「我が妻はよくやってくれております」

自慢するように言い切ると、女王は鼻白んだ顔になった。

「当たり前だ。私のかわいい掌中《しょうちゅう》の珠《たま》だぞ。もっとも賢いアレを手放すのはものすごく惜しかったが、お前だからくれてやったのだ」

「……ありがたき幸せ」

ローガンは内心ウンザリしながらも、礼の言葉を口にする。

（……一体いつまでマチルダを我が物だと思っておられるのか）

マチルダは自分の妻だ、と言いたいが、ローガンには言えない事情がある。

女王は従妹であるマチルダを非常にかわいがっていた。親代わり、というのは女王の言で、どうやらそのつもりでもいるらしい。マチルダの両親が事故で急逝し、彼女の父親が持っていた爵位は遠縁の男子が相続することとなったため、行き場を失った彼女を王宮に引き取ったのだ。

その時、マチルダは十六歳、女王とローガンは十八歳だった。王宮に来た頃のマチルダは両親の死に憔悴していて、大きなサファイアの瞳を常に潤ませていた。

初めて見た時、こんなに可憐な人がいるのかと驚いた。

従姉妹ゆえか、マチルダと女王はよく似た容貌をしている。銀の髪に青の瞳、華奢な骨格、愛らしい造作――だが女王の美が太陽であるとしたら、マチルダの美は月。台風すらも避けて通るのではないかという覇気のある女王に比べ、風が吹けば飛んで行ってしまうのではないかという儚さに、無骨なローガンの心もヒヤヒヤしたものだ。

けれどマチルダはそれだけの女性ではなかった。哀しみに暮れながらも自分の立場を理解し、女王の慈悲に甘えることなく、侍女としての職務を全うしようとする健気な様子に、胸を打たれた。

元気づけたい、と思う気持ちが、愛しい、守りたいという想いに変わるまでにそう時間はかからなかった。

以来ずっと、ローガンの心はマチルダのものなのだ。

敏《さと》い女王はローガンの恋心にすぐに気づき、事あるごとにローガンをからかってくる。意地の悪いことに、ローガンとマチルダを敢えて二人きりにするという工作などをしてきたりもした。いい迷惑である。

恋しい人と二人きりで、無骨なローガンに気の利いた言葉が言えるはずもなく、それどころか緊張から無言になってしまい、結果とても気まずい雰囲気になってしまうのだった。

それを後から聞いた女王が大笑いしたのは言うまでもない。

そんな女王がマチルダをローガンに託すと言ってくれたのが、一年前だったのだ。

『そろそろお前の助力がなくとも、国を背負えそうだ』

とはいえ、今すぐに解放してやるわけにはいかんがな、と言い添えて笑った主を前に、ローガンの胸に歓喜と寂寥《せきりょう》が同時に込み上げた。

波乱ばかりが続いたこの王国に安寧を齎《もたら》すことは、女王の悲願だ。なによりも民のためにという女王に共感したローガンは、これが自分の使命だと腹を括ってシャーロットと共に奔走してきた。

それがついに、実現したのだ。そう思うと、ようやくと思う反面、戦友にもういいのだと肩を叩かれたような物寂しさがあった。

『お前も私も三十になった。そろそろ伴侶を貰わねばなるまい』

そう続けた女王に、ローガンはハッと顔を上げた。女王はそんな彼を見てにんまりと人の悪そうな笑みを浮かべた。

『マチルダを嫁にするがいい。とはいえ、恥ずかしがり屋な拳骨面が求婚するのを待っていたら、あの子もいつ結婚できるか分からない。私が直々にお膳立《ぜんだ》てをしてやろう』

これにローガンは慌てた。お膳立てなど必要ない、自分で求婚するからと反対したが、悪戯《いたずら》大好き、面白いこと大好きな女王がハイそうですかと引いてくれるわけがない。ちょうどその頃、ローガンが急逝した兄に代わりリットン伯の爵位を継承したことを理由に、ローガンを差し置いてマチルダに結婚を打診してしまったのだ。

そんな具合で決まった結婚ではあったが、恋しい人を妻にできたので、ローガンは概ね幸せだった。

（……あとは、名実ともに夫婦となれれば……！）

ローガンは忍ばせたロケットペンダントを服の上から握る。愛しい妻の細密画《ミニアチュール》が描かれたロケットペンダントだ。結婚が決まった時に、王宮に出入りする職人に無理を言って密かに作らせた物である。依頼して数日後には、何故か女王にバレていたのが非常に腹立たしいが。

結婚後、すぐに離れ離れになってしまうのが分かっていたから、その姿を留めておける物がどうしても欲しかったのだ。

「お前、まだそんな物を後生大事に……」

ローガンがこっそりと握っている物に見当がついたのか、女王が呆れた声を出す。

「三十過ぎの強面のオッサンが、妻の細密画を握り締めている光景というのは、なかなかに気持ち悪いな」

「放っておいていただきたい」

女王の口の悪さにはもう慣れている。ブスッとした顔で言ったローガンに、女王はカラカラと笑った。

「まあ気持ちは分かるがな。初夜に花嫁に爆睡された挙句《あげく》、眠っている間に領地へ発たれた可哀そうな夫としては、細密画に縋《すが》りたくもなるわなぁ」

「なっ……！」

何故それを、という台詞はすんでのところで飲み込んだ。何も自分から事実だと認める必要はないと思ったからだが、その甲斐もなく、女王は憐みの眼差しを向けてくる。

「まさか初夜を敢行できないとは思わなかったから、あんな日に式を挙げさせてしまったが……。数日くらい休みをやるべきだったな。悪かった」

「くっ……！　いえ、自分の職務は陛下の護衛でありますから！」

ローガンとマチルダの結婚は、女王主導で最速で進められた。ほとんどのイベントをすっ飛ばし、王立大聖堂に無理やり予定を捻《ね》じ込んだため、式の翌日が女王の生誕祭だったのだ。他国から賓客《ひんきゃく》を招き、多くの民が女王を祝おうと王都に殺到する混乱の時に、女王を守る筆頭近衛騎士である自分がいないわけにはいかない。

生真面目なローガンが職務を放棄するはずもなく、翌日の仕事はもちろんするつもりだったが、まさか花嫁に爆睡されるとは思ってもみなかった。

だが、とローガンは顔を上げる。

「お気になさらず、陛下。陛下のご厚情を賜《たまわ》り、私は明日になれば、妻のもとへ行けるのですから！」

そう。ローガンは明日、リットンへ発つのだ。

ローガンの騎士退職は一月後と決められているが、今後、リットンを治めるために、事前に領民たちに顔を見せてやるべきだと、女王が数日の休みをくれたのだ。

結婚式以来の休日である。ちなみに、十二歳で近衛騎士見習いになって以来、休日を貰ったのは、両親や兄という肉親の葬式と、自分の結婚式のみだということは、敢えて口にはしない。

（ようやく……ようやく、マチルダに会える……！）

ヤッホウ！　と叫び出したいくらいだ。

そんなローガンに、女王がハア、とこれ見よがしな溜息を吐く。

「だからだよ、ローガン。私が『果たして、すぐ戻れるか』と言ったのは、お前が妻かわいさに離れがたくなるだろうと思ったからだ」

「……」

なるほど、とローガンは頷く。いかにもあり得そうな葛藤《かっとう》である。

神妙な顔で黙り込む護衛の尻を、女王が小さな手でスパーンと叩いた。本来なら頭を叩きたかったのだろうが、いかんせん小柄な女王と大木のようなローガンとでは上手くいかない。そして華奢に見えるがこの女王は、自衛のために武術を嗜《たしな》んでいるためなかなか力が強い。平手でも叩かれるとかなり痛いのである。

顔を顰めていると、女王が腕組みをして顎《あご》をしゃくる。

「まったく、近衛騎士団長ともあろう者が、自制くらいできんでどうする。この未熟者が。マチルダと離れずともよいように、私が手を回してやるから、それを取りに来いと言っているのだ。シャキシャキ歩かんか、拳骨面」

言い捨てて、女王はポカンとするローガンを置いて、サクサク歩いて行ってしまう。

慌ててまた後を追いかけながら、ローガンはフッと苦笑を零した。

破天荒《はてんこう》でやりたい放題の女王ではあるが、人を見て慮ることができる人である。

だからこそローガンも、そしてマチルダも、女王に仕えてこられたのだ。

3

ローガンがリットンの地を踏んだのは、日が暮れようとしている頃だった。

王国の北西にあるこの地の冬は厳しい。だが寒いせいで、冬の晴れた日の空は驚くほど美しいのだ。特に夕暮れは圧巻だ。大きな火の玉のように朱金に輝く太陽が、空一面を赤く染め変える。激しいまでのその赤は、大地や空、風や水といった自然が、意志を持って生きているのではないかと感じられるほど、圧倒的な力があった。

ローガンは馬を止め、しばしその荘厳な美に見入る。

「……美しいな」

誰に言うともなく呟けば、乗ってきた葦毛《あしげ》の馬がブルリと唇を震わせた。早く行こうと催促しているのだ。ローガンは苦笑する。王都から二日間の道程を、数度の休みだけで走り続けてくれた相棒だ。持久力のある牡馬《ぼば》とはいえ、早く厩舎《きゅうしゃ》で休みたいのだろう。

「悪いな、あと少しだけ頑張ってくれ」

馬の首を撫でてやりながらそう言うと、ローガンはもう一度赤い空を見た。

美しい故郷の空が、自分の帰還を祝福してくれているかのようだ。

（――彼女も……マチルダも、祝福してくれるだろうか）

結婚後、愛を告げることも、契りを交わすこともなく、役目だけを押しつけることになった最愛の妻。

再びその姿を見るのを、そしてこの腕の中に抱き締めるのを、何度夢に見たことか。

だが同時に、呆れられてしまってはいないだろうかと案じる情けない自分もいる。

彼女が自分を嫌っていないことは、なんとなく感じられた。話しかけてくる際の表情が好意的だったし、その青い瞳には尊敬の色があった。女王に提示されたからとはいえ、結婚を了承してくれたということは、多少は好いてくれていたのだと思いたい。

一抹の不安を振り払うようにして、ローガンは手綱を引いて愛馬に合図をした。

「さぁ、行くぞ」

沈みゆく太陽を追うように、馬が再び疾走し始める。

最愛の妻の顔を見るまで、あとわずか――。

妻との再会に胸を膨らませていたローガンは、しかしすぐに落胆することになった。

「マチルダがいない……？」

リットン伯爵邸に着いたローガンは、歓喜する使用人たちに手厚く迎え入れられながら、しかしその中に妻の顔がないことにすぐに気がついた。

年老いてなお壮健な家令に「妻は？」と訊ねると、家令は少し眉根を寄せる。

「奥様は夕方ごろ、北の外れに住む老夫婦の様子を見に行かれ、まだお戻りではありません」

家令の言葉に、ローガンは顔色を変えた。

「なんだと！　では彼女に何かあったということか！」

そのような緊急事態に何を悠長に構えているのだ、と使用人たちを叱りつけようとした時、家令が「いえいえ」と首を横に振る。

「奥様のご無事は確認できております。奥様が馬で報せをくださいました。ケリーダ――奥様がお見舞いに行かれた老夫婦の妻の方なのですが、それが発熱したようでして……。医者に往診を頼み、薬を処方されたらしいのですが、なにぶん夫のトーヤの方も高齢で覚《おぼ》束《つか》ず、心配なので一晩様子を見るとのことでございます。旦那様のお迎えができず申し訳ないと謝っておられました」

「なんと……」

ローガンは驚き呆れる思いで家令の説明を聞いていた。

「彼女は……マチルダは自らそんなことまでしているのか……！」

確かに領主の仕事を完璧なまでにこなしていることは報告書からも分かっていたが、まさか領民の看病などということまでやっていたとは思いもしなかった。

（なんと慈悲深い……聖女なのか、我が妻は！）

　感動に胸を打ち震わせていると、家令のみならず、使用人たちからも次々に声が上がる。

「奥様はリットンのために身を粉《こ》にして働いてくださっています。これ以上はないというほどのご活躍ぶりでございます」

「名代様ほどお優しく、頭の良い方はおられません！」

「我々使用人のみならず、民のことにいつも真剣で……」

「些細なことにも心を砕いてくださるのです！　民の中には、名代様のことをリットンに遣わされた天使と言う者までいます！」

　マチルダがローガンの代わりにどれほど尽くしてくれたのかを目の当たりにした気持ちになった。ローガンは感激しつつ、彼らの顔をグルリと見渡す。

「そうか……。マチルダはよくやってくれていたようだな。夫として、妻を誇らしく思う。しかし、それも皆が彼女を支えてくれたおかげであろう。ありがとう」

　帰還した領主の労いに、使用人たちは嬉しそうにしながらも、「わたくしどもではなく、本当に名代様が有能なのです！」「名代様のような方ならば、なんでもして差し上げたいと思うのです！」と、やはりマチルダを褒める言葉を口にする。

　ローガンは妻への賞賛を誇らしい気持ちで聞いていたが、一つだけ首を傾げたくなる点があり、やんわりと訊ねる。

「ところで……マチルダは『名代様』と呼ばれているのか？」

ローガンの問いに、使用人たちは一瞬口を噤み、気まずそうに顔を見合わせた。

マチルダの立場であれば『奥様』と呼ばれるのが普通だと、皆分かっているようだ。

彼らの様子から、マチルダが非常に好意的に受け入れられているのは見て取れるので、『奥様』と呼ばないことが「領主の妻とは認めない！」というような反抗的な態度の表れではなさそうだ。

確かにマチルダは自分の名代としてこのリットンを治めてきたのだから、その呼称が『名代様』だろうと『奥様』だろうと、特に問題はないはずだ。

だが！　しかし！　ローガンとしては自分の名代であることよりも、自分の妻であることを強調したいのである。

そんな領主の不満を察したのか、使用人を代表して家令が口を開いた。

「恐れながら申し上げますと、『名代様』という呼び名は、奥様自らそう呼ぶようにと、皆にお申しつけなさったのでございます」

「マチルダが……？」

ローガンはやや呆然と家令の言葉を頭の中で反芻《はんすう》する。

家令がそう言うのなら、それが真実なのだろう。父の代より仕えてくれているこの男は、誰よりも主に忠実で、虚言を吐くような者ではない。

しかし、だとすれば、マチルダが『名代様』と呼ばれたかったということになる。それは言うまでもなく、領主の代わりに領地の政治を行う者、という意味だ。

自分の権力を誇示したかったのだろうか。だが彼女がそんな人物でないことは、ローガンがよく知っている。そして使用人たちの言動からも、マチルダがそんな傲慢な態度を取っていたとは考えにくい。

（……では、『奥様』と呼ばれたくなかった……？）

ふとよぎった可能性を、ローガンは慌てて頭の中から追い払った。

とんでもない。やめてくれ。マチルダはもうローガンの妻である。絶対放したくないし、放すつもりはないので、今後何があろうともマチルダはローガンの『奥様』だ。絶対に。

けれど、当のマチルダが『奥様』になりたくなかったと考えていたら……？

「ダメだ！」

クワッと顔を鬼のように強張らせて唐突に叫んだ領主に、使用人たちは一様にビクッと身体を揺らした。母が王女の乳母だったため、ローガンは王宮で育ったようなものだが、それでも季節の折々にはこのリットンで過ごした。故にここの使用人たちはローガンの強面にも慣れているはずだが、それでも今の顔には恐怖を覚えたようだ。

「だ、旦那様……？」

「マックス！　マチルダの所に行くぞ！」

いてもたってもいられず、ローガンは吠えるように家令に宣言した。

ダメだ。つい弱気に……物事を悪い方に考えてしまうのは、肝心のマチルダの顔を見ていないからだ。

家令は目を丸くしたもののすぐに平静を取り戻し、「恐れながら」と前置きしてわずかに頭を下げた。

「旦那様が行かれるのは得策ではないかと。かの老夫婦の家は領地の北の外れの山の麓《ふもと》、馬車も通れぬ獣道しかないような場所にあります。雪で足場も非常に悪く、既に日が落ちてしまった今は気温が下がり、道が凍りついていて、とてもではありませんが馬を走らせることはできません。奥様も帰りが悪路になることを分かっていらしたので、残られたのだと思います」

「むぅ……」

この地の冬の寒さを知っているだけに、そう言われてしまえばローガンに否やはない。

唸り声を上げて黙り込んだ主に、家令は穏やかな声で言った。

「奥様も明日にはお戻りでしょう。旦那様は旅装を解かれ、ご自身のお疲れを癒やしてください。奥様が戻られた際に、温かく労って差し上げれば、きっとお喜びでしょうから」

やんわりと窘《たしな》めるように言われ、ローガンは自分がワガママを言う幼子に戻ったような気分にさせられた。幼い頃から知っているこの家令が相手であるせいなのかもしれないが、ともあれ、自分が今からマチルダに会いに飛び出していくのは、幼稚な選択であることは明白だ。

最愛の妻への想いを募らせながらも、ローガンは家令の言葉に従ったのだった。

＊　＊　＊

夢を見ている。

見ている最中なのに、何故それが夢だと分かっているのかというと、それがもう何度も繰り返し見てきた夢だからだ。

会いたくても会えない思いが募るせいだろう。毎夜彼の夢を訪れるのは、愛する人だ。

――マチルダ。

美しい人。愛らしい、ローガンの妻。

女王と似ているせいで、彼女の美貌を「物足りない」とか「女王陛下の模造品」などとあしざまに言う口さがない者もいるが、ローガンに言わせればどこを見ているのかという話である。

よく見れば――いや、よく見なくとも、彼女は何一つとして女王と同じものはない。

朧月《おぼろづき》のように柔らかに滲む光を纏う銀の髪。繊細な輪郭。大きなサファイアの瞳、長い睫毛、スッと通った鼻梁《びりょう》、ぷっくりとした小さな薔薇《ばら》色の唇――。

全て、彼女独自のものだ。全てが、ローガンを魅了してやまない。これほどに愛らしく可憐で、けれど芯の強いしなやかな女性は他にいない。

彼だけの女神。彼の妻だ。

――愛しい人……。

ローガンは微笑んで、目の前の最愛の妻に愛の言葉を紡ぐ。マチルダはローガンの髪を優しく撫でてくれていたが、ローガンはその白い手を取って、掌に唇を押し当てる。掌へのキスは、懇願を意味する。妻の愛を希《こいねが》う自分にピッタリのキスだ。

――会いたかった。ずっと、あなたに触れたかったのだ。

柔らかな手の感触にうっとりとしながら、ローガンはなおも愛を語る。夢の中ではこんなにも容易く言葉が出てくるのに、どうして現実では口ごもってしまうのだろう。

沈黙は金、などと言った者は誰だったか。沈黙しか選べぬ自分にしてみれば、雄弁こそ金である。吟遊詩人のように、彼女の頬を薔薇色に染めるくらいの美しい言葉をかけられたらどんなに良いだろう。

――愛している。

夢の中でここぞとばかりに愛を告げるローガンに、最愛の人は少し困ったように笑って小首を傾げる。

そんな困った顔をしないでほしい。せめて夢の中でくらい、あなたの満面の笑みを見ていたいのに。

目が覚めればまた、この手に彼女がいない現実を突きつけられて、落胆しなければならないのだから。

「ローガン様、お人違いをなさっておられますわ」

困り顔のマチルダの可憐な唇が動いて、そんなことを言った。

彼女から久方ぶりに名前を呼んでもらえて、歓喜で胸がいっぱいになる。

──人違い？

ローガンは笑った。

──そんなはずはない。この私が、最愛の人を間違えるわけがないだろう？

だがマチルダは悲しそうに笑って首を横に振った。

「いいえ、間違っておられます。よくご覧になってください」

そう言って、マチルダはローガンに顔を近づける。

「……よくご覧になって。同じ銀の髪ですけれど、あの方のように真っ直ぐではないでしょう？　瞳だって、あの方のような明るく澄んだ青ではありませんもの……」

あの方というのは、女王のことだろうか。確かに女王は直毛で、マチルダはくせのある髪質だし、マチルダの瞳の方が女王の瞳より深みのあるサファイアブルーだ。

もしかしてマチルダは、今までそんなふうに女王と自分を比較して、卑下してきたのだろうか。いつも明るく品行方正な姿しか見せない彼女が、内心にそんな劣等感を隠していたのかもしれないと思うと、ローガンは堪らない気持ちになった。

マチルダはマチルダのままで素晴らしいのだ。女王と比較する意味など欠片もないのに。

――そんなことはどうでもいい。

一蹴《いっしゅう》してやったのに、マチルダの顔は更に悲しげに歪むばかりだ。

そんな妻が可哀そうで、いじらしくて、とにかく何をしてもかわいくて、ローガンは堪らず腕を伸ばしてその小さな頭を引き寄せる。

「……あっ、ローガン様……」

まだ何か言おうとする唇を、己のそれで塞いだ。

柔らかい粘膜の感触に、歓喜に総毛立つ。彼女の唇の柔らかさは、一度だけ味わったことがある。結婚式での誓いのキスは、人前で唇に触れるのが憚《はばか》られて頬にした。だがその後の初夜で、ぐっすりと眠るマチルダを恨めしく思いながらも、その寝顔の愛らしさに耐え切れず、薔薇の花弁のような唇をそっと密かに奪ったのだ。

だからこれがマチルダとの二度目のキスだ。

――ああ、だがこれは夢の中の出来事か……。

優しく食むだけのキスの途中、ふと我に返ってそんな自嘲を零せば、目の前のサファイアブルーの瞳が瞬いた。それからまたあの悲しげな笑みに戻って、ローガンに言った。

「まだ、寝惚《ねぼ》けていらっしゃったのですね……。これは夢ではありません、ローガン様。起きてくださいませ」

「……なんだと？」

ローガンは微睡《まどろ》んでいた眼《まなこ》をカッと見開く。

そういえば、やけに唇の感触が生々しいと思ったのだ。いつもの夢ならば、感触など得られないのに。

（――ではこれは、夢ではなく本物のマチルダか!?）

仰天して飛び起きれば、寄り添っていたマチルダは、ローガンの寝ていたベッドからスッと立ち上がった。

「すっ、すまないっ！」

夫婦とはいえ、了承もなく唇を奪ってしまったことに焦り、謝罪を口にすると、マチルダは感情の読めない微笑みを貼り付けていた。

「大丈夫ですわ、分かっております」

型に嵌《は》まった人形のような笑みだった。礼儀正しいながらも表情豊かなマチルダの、そんな奇妙な顔を見たのは初めてで、ローガンは一瞬ポカンとしてしまう。

「……マチルダ？」

「はい。おはようございます、ローガン様。昨夜はお出迎えできず申し訳ございませんでした。先ほど無事戻りまして、ご挨拶にとお部屋に伺ったところです」

「い、いや……。あなたの方こそ、大変だったな……」

先ほどのキスなどなかったことのように、平常の挨拶をするマチルダに、ローガンは戸惑いながら短い金の髪を掻き上げた。寝ぐせがついているのではないだろうか。ようやく見《まみ》えた念願の愛妻を前に、あまり恰好悪い姿は見せたくなかった。

昨夜はマチルダが不在なことに悶々としつつも、旅の疲れがあってかベッドに入って早々に眠りに就いてしまったのだ。

ローガンの台詞に、マチルダは目を伏せてそっと恥じらうように笑う。

「いいえ。大変なことなど何も。ローガン様に代わり、このリットンの地を治めるのがわたくしの務めですから。それがわたくしの喜びなのです」

そこは『ローガン様の妻であることがわたくしの務め』と言ってほしかった！　と内心嘆きながらも、ローガンは礼を述べる。

「そ、そうか……いやでも、ありがとう。あなたがいてくれたから、この一年やってこられたのだ」

「もったいないお言葉ですわ、ローガン様」

「いや、そんな……」

謙虚にも首を横に振るマチルダをもっと労おうと開きかけた口を、ローガンはすぐさま閉じることとなった。

「早速ですが、ローガン様。お戻りくださって早々ではありますが、起きてご準備をなさってくださいませ。名代として領主様に引き継がなくてはならない案件がたくさんあるのです」

結婚して一年もの間、妻に甘えて領地の仕事を丸投げしてきた身としては、彼女のこの言葉に逆らえるはずもない。

「了解した」

司令官から命令を受ける一兵卒よろしく、キリッとした表情で了承した。

だが心の中では男泣きしていたのは言うまでもない。

支度を終えてダイニングルームへ降りていったローガンを待っていたのは、たくさんの書類を抱えたマチルダと、その背後に控えるマックスだった。

「おはようございます、旦那様」

「……おはよう」

マックスに挨拶を返しつつ、マチルダの持っている書類が気になって仕方ない。

今から朝食を食べるはずなのだが、何故マチルダは山のような書類を抱えているのだろうか。

訊ねようか考えあぐねていると、マックスが椅子を引いてくれたので、先に席につくことにする。マチルダもまた従僕に椅子を引いてもらって着席しているが、彼女の席にはカトラリーが用意されていない。何もないテーブルの上に、持っていたそれらをドサリとのせている。

「……あなたは食事をしないのか？」

不思議に思って訊ねると、マチルダはニッコリと破顔した。

「わたくしはもう済んでいますの。昨夜訪ねていた老夫婦の家で、パンと温かいスープを出してくれたものですから。旦那さんのトーヤはジャガイモのスープを作るのが上手なので、食べさせたくて仕方なかったみたいで……ありがたくいただいてきました」

その時のことを思い出しているのか、マチルダが「ふふっ」とかわいらしく噴き出している。

（……ああ、かわいい……）

朝の陽光が差し込む中、かわいらしく微笑む最愛の妻を眺めながら、ローガンは感慨に耽った。柔らかな光が銀の髪に纏いついて、まるで彼女がうっすらと発光しているかのように見える。かわいいを通り越して神々しくさえあって、もう天使にしか見えない。

「……ローガン様？」

夫にぼうっと見つめられていたことに気づいたマチルダが、不思議そうに訊ねた。

ローガンはハッとして慌てて居住まいを正す。

「いや……本当に、大変だったな。私の代わりにそれほどまでに……心から感謝する」

本来ならば自分がやらねばならなかったのだ。僻地《へきち》に住む老夫婦を気にかけるなど、領内をよほど把握していなければできないことだ。そして彼女が仁愛をもって正しく領地を治めてきたことがよく分かる。まさに自分の理想とする治政を行ってきてくれた妻に、尊敬と親愛の念を抱かずにはいられない。改めて礼を言えば、マチルダは頬を染めた。

「ローガン様、ありがとうございます。けれど、これがわたくしの使命ですから」

「それでもここまで立派にやり遂げてくれるなんて……あなただからこそだとは思うが、それでも感謝の言葉は伝えても伝え切れないほどだ。今後、私が戻ればあなたにここまでの苦労はかけないので――」

「そう！　そうなのです！　ローガン様なら分かってくださると思っておりましたわ」

話の途中でマチルダの弾んだ声が割り込む。

はしゃぐような妻の声に、つい頬が緩んだローガンは、次の台詞で緩んだ頬を引き攣《つ》らせることになった。

「少しでも円滑に、そして速やかに引き継ぎを行うために、お食事の間も資料に目を通していただきたく、持ってまいりましたの」

目の前に積んだ書類を指しながら、笑顔でそう告げるマチルダに、ローガンは呆気に取られる。正直に言えば、食事くらいはゆっくりとりたいと思わなくもなかったが、なにしろこれまで領主の仕事を丸投げしてしまっていたという負い目がある。マチルダとしても、早く肩の荷を下ろしたいのだろうと思うと、イヤなどという言葉が出てくるはずもない。

「そ、そうか」

「まずはわたくしが概要を説明いたします。それを聞きながら分からない点などがあれば、その都度ご指摘ください。資料に詳しく記載してございますので、それを使って再度ご説明させていただきます」

「なるほど……」

ということは、それらの資料はいずれローガンに引き継ぐ際に困らないように作られたものなのだ。見るに、ローガンが帰ってくることを知ってから作っていたのでは間に合わない量だ。恐らく名代を務め始めた頃から作っていた物なのだろう。

（さすがは、マチルダだ……）

女王が太鼓判を押すわけだ。王宮勤めをしている時からその仕事ぶりは群を抜いていたが、先々まで見通して行動できるあたりが実に有能である。女王も王の器であるが、同じ血筋を引くマチルダにもその才覚は受け継がれているようだ。

「ありがたい。では、よろしく頼む。マチルダ」

うむり、と頷くと、マチルダはパッと顔を輝かせたのだった。

＊　＊　＊

ローガンは目が回りそうになっていた。

「――では、次は十六時よりローメイン商会の代表者であるセルジオ・ローメインとの面会です。お手元の資料の一〇三二番を開いてくださいませ」

鈴を転がすような涼やかな声でそう告げるのは、もちろん愛しの妻マチルダである。

ローガンはややもすれば目が虚ろになりかけるのを、顔面に力を籠めることで回避する。

その瞬間、傍に控えていた家令が、わずかにビクッとするのがチラリと視界に映ったが、ローガンにとってはわりと日常茶飯事のことなので黙殺した。

(気を抜いている場合ではないのだ！)

たとえ朝から立て続けに面会をしており、次のローメイン商会で十四番目だとしても、だ。昨日帰還したばかりで怒濤のような引き継ぎを行われ、詰め込まれる知識と気の張った面会にそろそろ脳が痺れてきたが、弱音など吐くわけにはいかない。断じて。

ちなみにそれらの面会は全て、今後リットンで発生し得る危険であったり、或いは興《おこ》しつつある事業であったりと、早急に結論を出さなくてはならないものではなかった。

今後数か月をかけて決定していくべき事柄ばかりで、そういう猶予《ゆうよ》のある案件ばかりを選んであるのが分かる。恐らく現段階で決めなくてはならないものは、マチルダが処理しているのだと思われた。

(早急に決定を下せるほど私に予備知識がないことや、関係者との信頼関係が築けていないことを考慮して選別してあるのだ)

その判断力には舌を巻いてしまう。

手にした資料の最初のページには、流麗な文字でローメイン商会についての概要と、リットンとの関わりについての記録が書かれてある。言うまでもなくマチルダの字である。

つまりはこれら引き継ぎのための資料は、全てマチルダが手ずから作成したものなのだ。しかも一〇三二番ということは、こういった資料が他に千冊以上も存在するということである。その完璧な仕事ぶりに戦慄を覚えた。

(……一体いつ眠っていたのだろう)

きっと毎晩遅くまで仕事をしていたに違いない。昨夜のような出来事とて、きっと珍しいことではなかったのだ。現に女主人が不測の事態で不在だというのに、使用人たちは落ち着いていて慣れているふうだった。

頭が下がるとはこのことだろう。これほどまでに懸命に、寝る間を惜しんでマチルダが築き上げてきてくれたリットンの治世を受け取る自分が、彼女以上にしっかりしなくてどうするのだという話である。

「ローメイン商会と提携し、輸出向けにリットン産のりんごのブランデーを量産する方向で話が纏まりつつあります。現在リットンでのりんごのブランデー醸造は、りんご農家、或いは葡萄酒《ぶどうしゅ》醸造者などが担っている程度で、専門の業者は存在しません。りんごのブランデー自体知名度が低く、数が出ないのが理由だったと推測されます」

　マチルダの説明に合わせて資料の文字を追いながら、ローガンは顎に手をやった。

「しかし、国内で数が出ない商品が国外で売れるという保証もなかろう」

「ローメイン商会のデータでは、東の大陸では果物を使って醸造するお酒が非常に好まれるようで、毎年一億リルほどの利益を計上しているようです」

「一億リルか」

　ローガンは目を瞠った。大金である。王国でも有数の貿易商であることは知っていたが、果実酒だけでそれほどまでの利益を生んでいたとは。

　マチルダはコクリと首肯する。

「どうやら東は穀類が原料であるお酒ばかりのようで、果物を使った物が珍しく、持て囃されているのだとか。既にローメイン商会が果実酒輸出のパイプを持っていますので、それを使えば利益は確実に出るとわたくしは思います」

「なるほど。では今後は、どうやって量産していくかという話になるわけだな」

　ローガンが言えば、マチルダは嬉しそうに微笑んだ。

「はい。恐らく本日の議題は醸造工場の建設に関するもの、になると思われます。その件については資料の十五ページに詳細が」

「理解した。ミスター・ローメインを通してくれ」

ローガンの言葉に家令が音もなく動き、一礼して部屋を出て行く。応接室に待たせているセルジオ・ローメインを呼びに行ったのだろう。

二人きりになった室内で、ローガンはさりげなく訊ねる。

「……ローメインの後の面会者は？」

「本日は夕食にバーミンガム公爵未亡人をお招きしております。夫人はこのリットンにある別荘にご隠居あそばされたのですが、社交界ではまだまだその手腕をふるっておられます。今後のためにも、いち早くご挨拶なさっておくべきだと判断いたしました」

「…………そうか」

項垂れたくなるのをグッと堪えた。

リットン伯爵としてのローガンの一日は、まだまだ終わらないようである。

4

湯浴《ゆあ》みを終えて、マチルダはベッドの上にパタリと倒れ込んだ。

今夜はすぐに眠るからと、アヴァは既に下がらせてある。

（さすがに今日は疲れたわ……）

辺境の老夫婦の看病をして早朝に帰宅し、休む間もなくそのまま仕事の引き継ぎをし続けた一日だった。

さしものローガンも、晩餐《ばんさん》の頃には顔に疲労の色が濃く出ていて、あまり食が進んでない様子だったから、マチルダの胸に申し訳ない気持ちが込み上げてくる。

今日だけでローガンに引き渡した案件は十四件——公爵未亡人との初顔合わせも含めれば十五件だ。次から次へと詰め込むように仕事を説明していくマチルダに、腹を立てても良さそうなものなのに、彼は終始穏やかに受け止めてくれた。さすがはローガンである。

一言で領主の仕事と言ってもあまたある。通年の仕事もあれば、現在突発的に発生しているもの、或いは発生しつつあるものもあり、全てを合わせると膨大な量になる。それこそ、マチルダの作った資料の数と同じだけの量があるのだ。

それらを数日で叩き込もうとしているのだから、土台無理な話なのである。

（……ごめんなさい、ローガン様。でもわたくしには、時間がないから……）

このローガンの帰還は一時的な帰省に過ぎない。数日すれば、彼はまた王都に——女王のもとへと帰っていく。そして次に戻ってくる時には、恐らく王配としての地位を得ているのだろう。女王陛下の夫となった彼の領地に――それが形だけであったとはいえ――元妻がいては大問題である。

つまり、マチルダがローガンに直接仕事の引き渡しができるのは、今のこの数日間だけなのだ。この任務に就いてからずっと、マチルダは自分がいなくても仕事の引き継ぎができるようにと尽力してきた。一つひとつの案件に詳細な資料を付けたり、アヴァを引き継ぎ役として採り立てたり。

だがこの一年で、マチルダはリットンに、そしてリットンの民に愛着を抱いてしまった。覚悟をしてきたつもりなのに、いざその時が来てみると、自分の成してきた仕事を、できるなら自らの手で、ローガン自身に託したいと思ってしまったのだ。

（……ローガン様のお顔を見るのも、これが最後だわ……）

結婚して一年。形だけではあるものの、妻として彼と共にいられるのは、結婚式の日以外では、今日を含めたこの数日間だけ。

目を閉じて、そっと自分の唇に触れる。

――今朝、ここにローガン様の唇が触れた。

女王と間違えてのことだったけれど、それはマチルダにとって、生まれて初めての異性とのキスだった。じわりと胸に広がる感慨に、そして切なさに涙が込み上げる。

（ローガン様は、あんなふうに、優しく、陛下に触れられるのね……）

愛しい宝物に触れるような、けれど情熱に駆られてもいるような、優しく熱のこもったキスだった。

――あんなふうに、想われてみたかった。

考えてはいけないと、自戒し続けてきた本音が顔を覗かせて、マチルダは唇を噛む。女王を羨んではいけないのに。自分は最初から分かっていて、この場所に立っているのだから。

「……ダメ、なのに……」

食いしばった歯の隙間から、憐れな泣き声が漏れる。

どうして今夜は、悲しみを、切なさを、我慢できないのだろう。

（……久し振りに、お顔を見てしまったせいだわ……）

今朝、ベッドで眠るローガンの顔を眺めて、涙が零れた。自分の愛しい人が触れられる距離にいて、そして呼吸をしている。ただそれだけのことが奇跡のように思えた。

その時マチルダは、自分が今までどれほど彼に会いたいと思っていたのかを知った。

王宮にいた頃も手の届かない人ではあったけれど、顔を合わせることは毎日できていた。それなのに、この一年は手紙のやり取りだけだったのだから。

彼の代わりに、彼のために働くことで、募る想いに気づかないフリをすることができていたのだ。

だが、こうして生身のローガンに会ってしまえば、もう無理だ。欲求は止めどなく溢れ、彼の姿を見るだけではなく、声を聞き、触れ、愛していると告げたくなってしまう。

（……だから、数日で良かったのかもしれない）

彼がここにいられるのは、恐らく長くてもあと二日ほど。筆頭近衛騎士であるローガンがそう長い間職務から離れていられるわけがないのだから。

その二日の間に、彼にできるだけ多くの仕事を引き渡し、彼の姿を見送った後、リットンを去ろう。行く先はまだ決めていないが、しばらく旅行がてら各地を放浪するのも良いかもしれない。そしてどこか気に入った街があれば、そこに落ち着くのだ。小さいけれど瀟洒《しょうしゃ》な家を買って、庭で花を育てよう。猫を飼うのもいいかもしれない。ローガンほどに愛せる男性がこの先現れるとは思えないから、猫を恋人にするのも素敵だろう。

そんな夢想をしながら涙を拭っていると、唐突にバン、と大きな音を立てて寝室のドアが開かれた。

「これはどういうことだ、マチルダ！」

「えっ、ローガン様？」

閉めたドアを背にして仁王立ちしていたのは、ローガンだった。彼も湯浴みを終えた後なのか、いつもはきっちりと後ろに撫でつけられている短い金の髪が額に下りていて、少し若返って見える。シルクの夜着の上にガウンを羽織っており、そんなラフな恰好をしていても威厳を失わないのは、さすがは騎士団長というところか。

どうやら何かに怒っている様子のローガンに、マチルダは慌ててベッドから身を起こそうとする。だが素早い動きで歩み寄って来たローガンが、彼女が身を起こす前に圧し掛かる。

まるでローガンにベッドに押し倒されたかのような体勢になって、マチルダはパチクリと青い目を瞬いた。

「ロ、ローガン様……？」

（……ああ、なんておきれいなの……）

大好きなローガンの秀麗な顔を間近に見て、マチルダは密かにうっとりとしながら、ローガンの名を呼んだ。何をそんなに怒っているのだろうか。そして何故こんなに顔を近づけるのか。よく分からないけれど、眼福《がんぷく》。

ローガンは眉間に深く皺を寄せたままの顔で、鮮やかな緑色の瞳をギラリと光らせる。

「何故、あなたはこんな部屋で眠ろうとしているのだ！」

「こんな部屋……？」

マチルダは首を傾げた。

意味が分からないというようなマチルダに、ローガンはカッと切れ長の目を見開く。

「私の妻たるあなたが、何故主寝室ではなく、客間で眠ろうとしてるのかと訊いているんだ！」

「え、ええと……」

怒り炸裂といった具合のローガンに、マチルダの困惑はますます深まった。

確かにここは主夫妻が眠るための部屋ではなく、客用の部屋である。一応ローガンの妻というていでこの屋敷にいるマチルダは、もちろんこれまでは主寝室を使っていた。客間を使うと言えば、使用人たちから不審に思われただろうから。

だが、今はローガンが戻っているのだ。

真の主たるローガンが主寝室を使うのは当然で、そうなればマチルダが部屋を出るのが理に適っている。女王陛下の王配となるべき男性が、他の女と同衾したという事実があれば、ややこしい問題が生じてもおかしくないのだから。

彼の身の潔白は、使用人たちの目からも明らかにしておかなければならないだろう。

そう判断したマチルダは、ローガンの帰省を知るや否や、急いで自分の荷物を全て客間に移したのである。

（それがまずかったのかしら……？）

だがどうしてまずいのかが分からず、オロオロと首を捻《ひね》る。

困惑するマチルダに、ローガンが怒りの表情を解き、悲しげな眼差しになった。

「……そんなに、私がイヤなのか……」

「えっ？」

思いがけないことを言われて、マチルダは仰天する。

聞き間違いだろうか。ローガンをイヤだと思ったことなど、人生の中で一度もない。それどころか大好きである。厳つい美貌も丸太のような腕も、樫の木の幹のような体幹も、真面目すぎる性格も全て、敬愛の対象だというのに。

意味が分からず混乱していると、ローガンは自嘲するような寂しげな笑みを浮かべた。

「あなたは私と夫婦になったことを、後悔しているのだろう？」

「…………はい？」

何がどうしたらそんな思考になるのか。マチルダがローガンの妻になったのは、女王の傍を離れられない彼に代わり、このリットンを治めるためだ。

愛するローガンのため、敬愛する女王のために引き受け、必死に取り組んできた任務だ。

どうして後悔するなんてことがあるのか。

「後悔など、ひと欠片だってしておりませんわ！」

自分の忠誠心と献身を軽んじられた気がして、少し腹立ちまぎれに言ってしまった。

マチルダの珍しく強い物言いに、今度はローガンの方が虚をつかれた表情になる。

そこに畳み掛けるようにしてマチルダは言葉を重ねた。そんな変な誤解をされていては堪らない。

「わたくしは、陛下のため、そしてローガン様のためならばなんだっていたします！　まだ小娘でしかなかったわたくしを引き取り、面倒を見てくださった陛下のご恩情を忘れたことなど一度たりともありませんし、王宮で右も左も分からないわたくしに優しく温かくご指導くださったローガン様を敬愛しております！　お二人のためでしたら、わたくしは火の中にも水の中にも飛び込んでみせましょう！」

まごうことなきマチルダの本心を伝えたというのに、どうしてかローガンはガックリと項垂れてしまった。

（……あ、あら……？）

「……陛下のため、か……」

呟いたローガンの声は低く、暗かった。

「そうだったな、あなたは最初から、陛下の命令だから断れずに、私との結婚を受け入れたのだった……。どうして私は都合よくそれを忘れていられたのだろうな……」

（え……、え……!?）

ローガンは、眉根を寄せた苦悶の表情をぎこちない微笑みに変えて、マチルダの顔を覗き込む。いつもは強く揺るぎない光の宿るその新緑色の瞳が、頼りなげに揺れていた。まるで途方に暮れた少年のような表情だった。

「陛下の命とはいえ、結婚を受け入れてくれたから、きっと嫌われてはいないのだと……夫婦になりさえすれば、恋情には至っていないあなたの気持ちも、愛情へと変えていけると、楽観的なことを考えていた」

苦悩に満ちた表情で語られる心情に、マチルダは困惑を深める一方だ。なにしろ、ローガンの発言からすれば、まるで彼がマチルダに恋をしているかのようではないか。

「え……あ、あの、ちょっと待ってくださいますか、ローガン様……」

頭の中が混乱しながら、マチルダはローガンのことをまじまじと見つめる。

二人の間で、何かが根本的にすれ違っている気がしてならなかった。

「あの……ローガン様は、女王陛下と恋仲でいらっしゃるのですよ、ね……？」

「――――」

この時のローガンの顔と言ったら、すごかった。

口も目も鼻の穴も全て最大限に開き切った驚愕の表情だった。

（人間の顎ってこんなに伸びるものなのね……）

マチルダは心の中でそんな驚嘆をしつつも、胸に残る疑問を訊かずにはおれず、矢継ぎ早に質問を放つ。

「陛下のご結婚が決まったというのは、ローガン様が王配になられるということで、つまり仮初の妻であるわたくしは、離縁されてここを去らなくてはならないという――」

「待て！　待ってくれ！」

聞いていられない、というようにローガンが止めに入った。

ベッドの上でマチルダに圧し掛かった体勢のまま、左手で頭を掻き回す。右腕だけでこの大木のような身体を支え切っている筋力がすごい。

ローガンはその手をマチルダの右頬に当てて、しっかりと視線を合わせた。

「いいか、マチルダ。まず第一に、私は陛下とは、何もない。主と護衛、乳兄妹、それ以外の関係は、何一つ、まったく、存在しない。恋人など、とんでもない！」

ゆっくりと、一言一言を区切る語り方は、聞き分けのない子どもに言い聞かせる親のようだとマチルダは思う。他の人間にされればムッとしてしまいそうなことだが、ローガンにされると、なんだかくすぐったいような気持ちにさせられた。恋は盲目である。

「あの……でも、噂が……」

「噂などに真実があった試しがあるか!?」

「わたくしの見解としては、全てではないにしてもわずかな真実を含む場合が……」

「今回の場合はそうではないのだ！　不敬を承知で言わせていただくと、私は陛下を女性と見たことはただの一度もない！　あの方はむしろ人ではない！　猛獣だ！」

最後の見解に対しては、マチルダも大いに同感だったので、思わず頷いてしまった。

女王は人間には飼い慣らせない。人知を超えた美しき獣なのだ。

敬愛する主を思い出していると、頬に触れているローガンの手に力が籠められる。

「マチルダ」

名を呼ばれて目を上げると、ローガンが真剣な目をしてこちらを見下ろしていた。

「私が愛しているのはただ一人。あなただ、マチルダ。ずっと……あなたがまだ少女の頃から、あなただけを愛しているんだ」

切羽詰まった声で言われて、マチルダは呆然としてしまう。

嘘だ、と咄嗟に疑ってしまったのは、長い間の片恋に慣れてしまっていたからか。

本当に長い片恋だった。十年以上前に彼に恋してから、手の届かない存在なのだと自分に言い聞かせ続けてきたのだ。今その彼から自分を愛しているのだと言われても、ハイ分かりましたとすぐに納得するのは無理がある。

だが、ずっとずっと彼を見てきたからこそ、今の彼の表情や口調が、嘘を言っていないと分かってしまう。

胸に、喉に、ぶわりと熱が込み上げて、息苦しくなった。

唇が戦慄《わなな》く。悲しくもないのに、涙の膜が視界を覆い始めた。

「……ほ、本当に……？」

絞り出した声は、ひどく掠れていた。喉が上手く働いてくれない。

この感情をどう表現すればいいのか。身の内側に広がって、膨らんで、ひたひたと満ちていく、柔らかで温かい水のような歓喜に、眩暈がしそうだった。

ローガンは大きく一つ頷いてマチルダの短い問いを肯定し、大きな手で銀の髪をそっと撫でた。まるで壊れ物でも扱うかのような手つきだ。

「……あなたは？　マチルダ。あなたの気持ちを聞かせてほしい」

マチルダは目を閉じた。視界を覆っていた涙の膜が押し流されて、左右のこめかみを伝い落ちていく。

（……これは夢かしら……？）

押し殺してきたはずの願望が箍《たが》を外し、こうして都合の良い夢を見せているのではないだろうか。そんな疑念が生じて、目を開けるのが恐ろしくなる。開けてしまえば、夢から覚めてしまうのではないだろうか。手にしているこの幸福が消えてしまうのではないだろうか。

マチルダの不安を拭ったのは、愛しい人の低い囁きだった。

「マチルダ。どうか、目を開いて私を見てくれ」

ローガンに請われて、マチルダが拒めるはずがない。そっと目を開くと、困ったように眉を下げ、確かに自分を見つめているローガンの美しい顔があった。

「……夢じゃないのね……」

マチルダが震える声で言うと、ローガンがくしゃりと笑った。少年のような、はにかんだ笑みだった。

「ああ。夢じゃない。あなたを愛している、マチルダ。どうか、私の妻になってくれないだろうか」

求婚の言葉に、マチルダは堪え切れず腕を伸ばしてローガンの首に抱き着いた。

「ああ……！　わたくしもです、ローガン様……！　わたくしも、あなたを愛しています。ずっとずっと、あなただけを――」

マチルダの台詞が終わるよりも早く、口がローガンの唇に襲われる。昨日とは打って変わって荒々しいキスだった。切羽詰まったように求められ、目を白黒させながらも、マチルダの心の中は喜びでいっぱいだった。


――こうして、仮初の夫婦に初めて本物の夜が訪れたのである。

＊　＊　＊

リットン伯爵邸に数ある客間の一室に、荒い呼吸と衣擦れの音、そしてベッドの軋《きし》む音が響く。

「マチルダ……マチルダ」

譫言《うわごと》のように愛妻の名を呼ぶ夫を、妻が潤んだ瞳で見上げる。

「ローガン様……」

か細い声で応え、細い両腕を広げて彼の背中に手を回した。自分も彼にされたように抱き締めたかったが、大柄な夫の身体には腕が回り切らず、太い肩甲骨に触れることしかできない。それでも彼の肌に触れているだけで、胸に愛しさが込み上げた。

剣だこのある大きな硬い手に、乳房を摑まれる。ハッと視線を下ろせば、自分の白い肉にローガンの節くれだった指が埋もれている光景が目に飛び込んできて、カッと顔に血が上った。淫靡《いんび》な光景だった。それなのに目が離せなくて、じっと見つめてしまっていると、そこにローガンが端麗な顔を寄せる。

愛しい人に乳房を揉みしだかれ、マチルダの胸の頂はツンと尖ってその存在を主張しているかのようだ。それを見られると思うと恥ずかしくて身を捩ろうとした時、なんとローガンの口が開いて、その尖りをパクリと食べてしまった。

「……っ！」

マチルダはヒュッと息を呑んで身を固くする。この王国でもっとも逞しいと言っても過言ではないローガンが、自分の……乳首を食んでいる。そんな姿を目にするなんて。

頭がおかしくなりそうな羞恥と、それ以上に甘やかな悦びに、マチルダはどうしていいか分からなくなった。こんなこと初めてだ。いつだって自分の取るべき道を冷静に観察し、選び取ってきたマチルダが、混乱させられてしまっている。

だがそれを悔しいと思う余裕は与えられなかった。

頂《いただき》を口に含んだローガンが、それを舌で転がし始めたからだ。

「ひっ……んっ、んんっ……！」

胸の先から強い快感が迸り、マチルダの脳に甘い痺れを伝える。自然と漏れ出る鼻声を喜ぶように、舌が更にねっとりと絡みついた。上下左右にいたぶられた後、ちゅう、と音を立てて吸い上げて、ローガンは解放する。

彼の口から出てきた乳首は、愛撫に充血して薔薇色に染まり、ローガンの唾液でテラテラと光っていた。その姿があまりに卑猥《ひわい》に見えて、マチルダは思わずギュッと瞼を閉じる。

だが次の瞬間、バチリと目を開いて嬌声《きょうせい》を上げた。

ローガンが、今度はもう一方の胸の尖りをしゃぶり始めたからだ。しかも、今まで弄《いじ》っていた方を指で捏《こ》ね回しながら、だ。両方を一度にされると、ただでさえ強い刺激が倍増してマチルダに襲い掛かる。

「きゃ、ぁ、んあぁ！」

そうやって乳首を弄りながら、ローガンがマチルダの脚の間に腰を落ち着ける。

胸に与えられる甘い快感に喘ぎつつも、自分の脚が持ち上げられて彼の太腿の上にのせられるのを感じて、マチルダは戸惑った。

自分の脚は重くはないだろうか。いやそれよりも、両脚の間に熱くて硬いものを感じる。それが何か分からないほど、幼くはない。もちろん純潔を保ってきたから、未知のものではあるが、予習だけは抜かりないマチルダである。結婚の指南書には曖昧にしか書かれておらず納得できなかったので、医学書なども読み漁り、男女の行為が具体的にどういったものなのかは把握できているのだ。

マチルダが戸惑っている間も、ローガンは愛撫をやめない。手と口で両方の乳首を嬲《なぶ》りながら、脚の間に据えられた熱い塊をぐっと押しつける。

二人とも既に全裸だから、直《じか》に感じるその感触はひどく生々しく、マチルダは頭の中が沸騰しそうになった。

それだけでも十分に恥ずかしいのに、ローガンは更に腰を小刻みに揺らして、熱塊をマチルダの陰唇に擦りつけ始める。

「あっ？　あ、ぁ、んぁっ……！」

敏感な場所を弄られて、驚くほど強い刺激がマチルダを襲った。ローガンが動く度、秘めた部分にある尖りを擦られて、小さな雷のような鮮烈な快感が下腹部に走る。

「ぁ、あ……なに……？　お腹、熱い……！」

快感が溜まっていくと、火が灯されるように身体の芯が熱くなっていくのが分かった。その熱に溶かされた何かが、愛蜜となってじわりと腹の奥から溢れ出てくる。とろとろと漏れ出た愛蜜で、身じろぎの音に粘着質な水音が混じり始めた。

「マチルダ」

胸から顔を上げたローガンが、熱い吐息と共に自分の名を呼ぶ。それだけで胸がいっぱいになった。彼の少し荒くなった息が愛しい。

「ローガン様」

応えるように自分もまた名を呼べば、ローガンの顔が近づいてきてキスをくれた。愛しげに唇を擦り合わせてから、すぐに舌が入り込んでくる。それを受け止めながら、自分もまた舌を絡めていく。拙《つたな》いと思われるだろうかとチラリと不安がよぎったが、そんなことよりも、彼ともっと交じり合いたかった。

懸命に舌を絡め合い、擦り合わせていると、いつの間にそこに移動したのか、ローガンの指が陰唇の形を確かめるようになぞっていた。

すっかり濡れそぼっているだろうそこに触れられていると思うと、恥ずかしくて逃げ出したくなったが、重たいローガンの身体の下にあってはそんなことができるはずもない。おまけにローガンはキスをしやすいようにするためなのか、もう片方の手でマチルダの顔を押さえていて、顔を動かすことすらできなかった。

ぬる、とローガンの指が入り口を滑る。愛蜜を掬《すく》い上げるような動きに、マチルダはギュッと爪先を丸めた。濡れていることを知られるのが恥ずかしい。だがマチルダの心情など知らないローガンは、お構いなしに指を動かし始めた。

蜜口の周囲を優しく指の腹で撫でた後、おもむろに中へと入り込む。

「んっ……！」

マチルダは口を塞がれたまま、目を見開いた。まだ何も受け入れたことのない隘路は当然だが狭く、ローガンの太い指では一本でも十分すぎるほどの違和感を覚える。

ローガンは宥めるようにマチルダの舌を舐め、蜜筒の中に入った指をゆっくりと出し入れし始めた。愛蜜は十分なようで、その動きはとても滑らかで、痛みはない。

最初は未知の恐怖に身を固くしていたマチルダも、優しいキスと緩やかな動きにホッと身体の力を抜いた。

するとローガンが「いい子だ」と言うように、優しく頭を撫でてくれる。その感触に微笑みが零れた。ずっと昔、王宮に引き取られたばかりの時、ローガンがこんなふうに頭を撫でてくれたことがあった。女王に引き取られたとはいえ、身寄りのない頼りない立場である自覚があったから懸命に働いた。働いて役に立てば、女王に捨てられることはないだろうと思ったのだ。自分の居場所を確保するのに必死だった。

そんなマチルダに、ローガンは「無理をするな」と忠告してくれた。だが意地になっていたマチルダは「無理などしていません」とそれを突っぱねた。すると彼は、黙ったまま彼女を見つめた後、するりと頭を撫でたのだ。その手の大きさからは想像できない優しい触れ方と温かさに、マチルダは硬くなっていた心の結び目が解けたのが分かった。そこで初めて、自分が彼の言葉通り、無理をしていたことに気がついたのだ。

（……わたくしは、いつだってこの手に救われてきたのだわ）

ローガンへの信頼と愛情を再確認して、マチルダは彼の手に頭を摺り寄せる。

ふ、とローガンが笑う気配がして、瞼に口づけられた。

「もう少し増やすが……身を楽にして」

囁かれ、マチルダはコクリと頷いた。

初めての閨事《ねやごと》に恐れはあるが、それはローガンが怖いわけではない。

処女喪失時に痛みがあることも、血が出ることも知っているが、それを与えるのがローガンであるならば、嬉しいとさえ思う。

くちゅり、と水音がして、中にもう一本指が入り込んできた。

は、と短く息を吐き、マチルダは身体の力を抜く。違和感は、どうしようもない。けれど嫌な感じはなかった。それがローガンの指だと分かっているからだろう。

ローガンの指はゆっくりと動いた。マチルダの泥濘《ぬかるみ》の中をほぐすようにしているのだと分かる。

「……痛くはないか？」

時折訊ねられ、マチルダはコクコクと首を上下させた。

「苦しいのか？」

マチルダの精一杯な様子に、ローガンが心配そうな声を出す。だが苦しいわけではなかったので、いいえ、と否定する。

「……なんだか、変な、感じです……むずむずするというか……熱くて……」

ローガンに自分の内側を弄られていると思うと、腹の奥が疼《うず》くような心地がした。じくじくとした疼きは痒みに似ていて、搔いてほしくて、早く早くと本能が急かしている。焦れる欲求に浮かされて、マチルダは縋るようにローガンを見上げた。

「……ローガン様……欲しい……」

何が欲しいのか、具体的には分からない。けれど、太い指を二本も入れられているのに、まだ足りない気がするのだ。

もっと奥に欲しい。自分の奥の奥を、ローガンに暴いてほしかった。

愛妻の哀願に、ローガンが目を見開く。

「マチルダ！」

叫ぶように呼んで、ローガンは再びマチルダの唇を奪った。

荒々しく口内を舐《ねぶ》り上げられた後、ローガンは額と額を合わせて「いいんだな」と確認する。そんな夫がおかしくて、マチルダはフフッと笑った。

「もちろんです。……どうか、わたくしをローガン様の本当の妻にしてくださいませ」

ずっと、偽りの妻だからと、恋心を抑えつけてきた。その切なさや苦しみを、今解き放てるのだと思うと、自然と涙が零れた。

「マチルダ……！」

感極まったようにローガンが言う。彼はもう一度唇を啄《ついば》んだ後、上体を起こしてマチルダの両膝を自分の両肘にかけて開かせた。

自分の秘めた場所がローガンに丸見えになってしまっている状態に、マチルダは身悶えしたいような恥ずかしさが込み上げたが、今更の話だとそれを堪える。

先ほど当たっていた熱くて硬い塊《かたまり》が、蜜を零す場所に据えられた。ローガンが腰を揺すると、熱杭が溢れた蜜を纏って滑り、くちゅ、くちゅ、と音を立てる。それを数回繰り返して、ひたりと動きが止まった。

切っ先が入り口に宛てがわれるのが分かって、思わず息を止めたマチルダに、柔らかな低い声がかかる。

「息を吐いて」

言われて、一度大きく息を吸ってから吐き出した時、ものすごい圧迫感と共に、ずっ、と剛直が入り込んできた。

「あっ……！」

ありえない質量だった。

絶対に入らない場所に、無理やり押し込まれているとしか思えない。焦りか本能か、脂汗《あぶらあせ》が滲み出てくるのを感じた。

ローガンは動きを止めない。一定の間隔で小刻みに腰を揺すり、ゆっくりと、だが確実にマチルダの内側を浸食していっている。

自分の喘ぎ声も苦しげだったが、ローガンの方も息を荒らげていた。

（……ローガン様も、苦しいの……？）

いつの間にか閉じていた目を開けば、鋭い眼差しでこちらを見つめるローガンの顔があった。その緑色の目が異様な光を放っていて、マチルダは知らず唾を呑む。今まで見たこともないほど野性的で、荒々しい眼差しだった。怖いほどなのに、どうしてかマチルダの身体の奥は、じわりと蕩けるように熱くなった。

「マチルダ、いくぞ」

短く宣言して、ローガンが勢いよく腰を振る。一突きで、ずぶりと太い楔が自分の中を最奥まで貫いたのが分かった。

「――――ッ！」

悲鳴を上げる間もなかった。

バチ、と目の前に火花が飛ぶような痛みに貫かれ、四肢が引き攣る。全身が大きな竪琴の弦になったかのように、押し入られた衝撃にビリビリと戦慄いていた。

鮮烈な痛みは、けれど一瞬で、引いていく潮のように身体から抜け落ちていく。

ローガンは最奥まで押し込んだ後、マチルダを慮ってかピクリとも動かない。それに安堵して息を吐き出すと、引き攣っていた身体が少しずつ緩んでいった。痛みが引いていくと、自分の中に埋められたローガンの逞しさに、どうしても意識が向いた。指などとは比べ物にならないような質量が、みっちりと自分の内側に嵌め込まれてしまっている。よほど太いのか、入り口の粘膜は最大まで引き伸ばされ、ギチギチと音が立ちそうだ。

ローガンの手が、マチルダの額にかかった銀の髪をそっと払ってくれる。白い肌に浮いた汗をキスで拭い、大きな手でマチルダの顔を包み込んだ。

「……すまない。痛かっただろう？」

心配そうに謝るローガンに、マチルダは首を横に振る。

「いいえ。もう、痛みは過ぎましたわ」

まだ痺れるような破瓜《はか》の痛みの余韻は残っていたが、耐えられないほどではない。

痛みよりも、今は自分の脚の間に異物を挟み込んでいるという違和感の方が大きい。

挿入の時には衝撃に近い痛みに驚いたが、今は完遂できたという安堵の方が大きい。

「今はただ……愛しくて、嬉しいだけです。わたくし、本当にローガン様の妻になれたのですね……」

感慨に耽りながら温かい手に頬ずりをすれば、ローガンがグウ、と獣のように唸り声を上げる。と同時に、自分の中にいる彼が、更に質量を増したのが分かった。

「あっ……？」

驚いて声を上げると、ローガンが顔を寄せてきて、貪るように唇を奪われた。侵入してきた肉厚の舌に拙《つたな》いながらも必死で応えていると、息をするのを忘れて頭がぼうっとしてきてしまう。

ハフハフとわずかな合間に喘いでいると、最後にマチルダの下唇を強めに食んだローガンが唇を解放し、呻くように言った。

「……頼む、煽らないでくれないか」

酸欠状態で上手く思考ができないマチルダは、トロンと潤んだ目で夫を見上げる。

「……ローガン様……すき……」

ぼぅっとした頭では、考えることが難しい。心のままに呟くと、ローガンがクッと喉の奥で息を呑み、ガバリと上体を起こした。フーッ、フーッと荒い呼吸を繰り返しながら、緑の目を肉食獣のようにギラつかせている。

「あっ……ぃや……」

抱き締めていた逞しい身体が急に離れてしまい、マチルダが不満そうな声を上げると、ローガンが腰を引いた。

「あっ!?」

ずるりと膣内《ナカ》に埋まった熱楔を引きずり出され、蜜襞を擦られると、マチルダの下腹部にビリビリとした甘い痺れが生じた。生まれて初めてのその快感に驚いて、目を見開いてローガンを見上げる。

夫は何かに耐えるように歯をギリギリと食いしばっていた。シュウ、シュウ、と歯列の隙間から呼吸音が聞こえる。

苦しんでいるのかと思ったマチルダは、彼を抱き締めようと両腕を伸ばした。

「ローガン様、来て……」

「マチルダ！」

彼を抱き締められるよう、再び身を倒してくれるのかと思っていたマチルダは、次の瞬間、抜け出る寸前だった屹立を最奥に叩き込まれ、目の前に火花を見た。

「ヒァッ！」

「マチルダ、マチルダ……愛している、愛している！」

ローガンは箍が外れたように激しく腰を振り出す。ギシギシとベッドが地震のように揺れ、接合部からは粘ついた水音がひっきりなしに鳴っている。その音をはしたないと恥じ入るのに、肉筒からは愛蜜が後から後から溢れ出してきてしまう。硬い熱杭で自分の内側をこそがれる度に嬌声が上がった。

（……なに、これ……お腹が、熱い……）

　剛直で一番奥を穿たれると、苦しいのに妙に熱くてじんとした鈍い快感が広がっていく。曖昧なその感覚を追いかけようとすると、自然と身体の内側が蠢《うごめ》いて、膣内の剛直を引き絞った。

「……クッ」

　ローガンが息を呑むのが分かった。

　その間も自分の蜜襞が彼を締め上げる。張り出した雁首の形まではっきりと感じ取れるほどだ。

　ローガンが四肢に緊張をみなぎらせたまま、ズン、とマチルダの女陰の中に全てを押し込んだ。熱杭が弾け飛びそうに膨らんでいるのを感じる。彼の身体が欲望を解放したがっているのが本能的に理解できて、マチルダはもどかしくて身を捩った。

　彼女の身の内にも、同じような熱がこもっている。もどかしくて、気持ち好くて、もっともっとその先をと悶えてしまうような、快楽の火種だ。

　自ら腰を揺らすマチルダを、ローガンが呻き声で制する。

「……ッ、ダメだ、マチルダ」

　大きな手で腰を掴まれて、マチルダの身体はその手の熱さにも悦びを得てしまう。感覚がいつもの何倍も鋭敏になっているのだ。

「……ローガン様……」

熱っぽく潤んだ目で哀願すれば、ローガンが「クソッ」と短く吐き捨てて、ガバリと覆い被さってきた。

顎を摑まれて荒々しく唇が重なり、舌が捻じ込まれる。

「ンッ……ふぅ、ん……！」

絡みついてくる舌に神経を集中させていたら、内側を突き上げられて目を剝《む》いた。そのまま速いリズムで抽送を再開されて、またあの痺れるような熱が戻ってくる。

口内を弄られ、膣内を搔き回され、マチルダは頭の中がおかしくなりそうだった。

熱が蓄積されていく。それが愉悦の欠片だと、マチルダはもう知っていた。

身を起こしたローガンが柳腰を両手で摑み上げて、腰を振り始める。

律動が加速した。鋭く、重く、子宮の入り口を突き続けられると、そこに膿《う》んだような疼きが生まれた。ローガンの硬い雄芯で突かれると、疼きは強烈な快感に変わる。

「あっ、あ、あああっ……ひうぅ、あああ」

あられもない甲高い嬌声が飛び出す。自分のものとは思えないほど淫らな声だ。

その声に煽られるように、ローガンの動きが更に激しくなる。

腰がぶつかり合う拍手のような音が響いた。

出し入れされると、出て行く彼を惜しむように媚肉が絡みついて後追いする。ローガンを愛おしむ自分の気持ちのままに肉体も動くのだと、頭のどこかで感心してしまう。

「あ、あぁ、ロ、ローガン……ローガン、さま……！」

愉悦の熾火《おきび》が白く輝き始める。

未知のものへの本能的な怯えから、マチルダはローガンに助けを求めて手を伸ばす。

差し出されたその手を取ったローガンは、その掌に口づけを落としてから、握り込んでシーツの上に押しつける。

「限界だ」

短く告げて、ローガンが鋭い一突きを放った。

「あぁぁっ――――」

ギッチリと隙間なく満たされて、欲しい快感を与えられて、マチルダは高みに駆け上がる。四肢が引き攣り、反った背を抱き締めたローガンが、耳元で低く囁いた。

「愛している」

同時に内側にいる彼が脈打つのを感じて、マチルダは目を閉じる。

掌で溶ける初雪のように、鮮烈だった愉悦が消えていく。弛緩し切った身体を、ローガンの逞しい腕が引き寄せて抱き締めてくれた幸せな感覚を最後に、マチルダは意識を手放したのだった。

＊　＊　＊

「……おや、お疲れ様です。どうです、君も一杯」

キッチンで料理長と寝酒代わりのブランデーを嗜んでいた家令は、そっと入って来たレディーズメイドのアヴァに声をかける。

アヴァはこの屋敷の使用人の中でも最古参と言える二人を見て眉を上げたが、掲げられたグラスの中の琥珀色の酒を見てニコリとし、いそいそと料理長の隣に腰かけた。

「ま、一献《いっこん》」

「ありがとうございます」

料理長が無造作に出してきたグラスに家令が酒を注いでやると、まだ若いメイドはクッと一息に中身を呷る。若いのに堂にいった飲みっぷりである。

「あ〜ッ！　美味しい！　仕事上がりの一杯は最高ですね！」

「──で？　結局あのお二方はどちらでお休みに？」

事の顛末《てんまつ》を確認してきたはずのレディーズメイドに訊ねれば、彼女は鼻を鳴らした。

「旦那様が主寝室に奥様がおられないのを知って、奥様が避難されていた客間に突撃です。まったく、あのヘタレご領主、本当に今更すぎて話にならない！」

そこまでは把握していたので、家令は軽く首を振った。

「その先ですよ。あと、ヘタレであることには同意しますが、我々の主です。そういう口は慎みなさい」

注意に、アヴァが「はーい」とやる気のない返事をし、続きを報告する。

「最初は言い争っておられるような雰囲気で、万が一にも暴力沙汰になった場合は、とその場で待機していたのですが……まあ、その後は……ハイ。誤解も解いていたようです……」

「なるほど」

ごにょごにょと言葉を濁すアヴァの様子から全てを察して、家令は満足気に微笑んだ。

「一件落着というわけですな」

「ああ、良かった良かった！　もう、どうなることかと思ったわい。あんなに賢くてかわいい良い嫁を逃《のが》したら、あのヘタレ坊ちゃんに次の縁談なんざ来るわけがないからのう」

と安堵してみせるのは、家令と同い年の料理長だ。彼もまた、当代領主であるローガンを幼い頃から知っているため、目線が祖父のような感じになってしまっている。

「名代様と呼べなんて仰るからおかしいとは思っていたが、まさか本当に夫認定されていなかったとは……私も驚きましたよ」

「私は奥様から最初に聞いてましたから、旦那様の不甲斐なさに腹が立ちますけど！」

唇を尖らせているアヴァに苦笑いをしながらも、家令は一年前に領主の妻——即ちこの屋敷の女主人として現れた女性のことを思い出していた。

最初に見た時は、こんな頼りなげな小娘に、この領地を治められるだろうかと心配したものだが、その心配はまったく無用だった。マチルダは、少女のような見た目とは真逆の切れ者で、施政者としてこれほどふさわしい人もいないと思ったほどだ。

頭が良いだけでなく、優しく慈愛の精神を持つ彼女は、屋敷の者のみならず領民に至るまであっという間に魅了した。

女主人として、そして領主の名代としてなんの文句もつけようのない女性であったが、ただ一つだけ心配事があった。それは、外でもないローガンとの夫婦関係だった。なにしろ、リットンの民は今まで一度も二人が一緒にいるところを見たことがなかったのだから。月に数回送っているマチルダからローガンへ宛てた手紙も、内容はまるで部下から上司への報告書のようなもので、甘い言葉など一度も書かれていたことがない。ローガンからの返事もまた然り、だ。

（まあ、あの不器用な坊ちゃまが、女性への手紙に気の利いた言葉を書けるとは思っていなかったが……）

それにしても、マチルダの態度は一線を引いていて、暗に「ここは本来のわたくしの居場所ではありませんので」と言っているようで、使用人たちもハラハラしていたのだ。なにしろ、彼女は自分がいなくなっても困らないように物事を準備する癖があった。

山のように作った仕事の資料。極秘のもの以外、情報を自分だけのものにせず必ず他者と共有する。そして自分の物は極力増やさない。他にも、領主が変われば、屋敷の家具や壁紙をその奥方が好みで替えることが多いものなのだが、マチルダは一切替えようとしなかった。

『わたくしの趣味が入っても意味がないから』

奥様以外の誰の趣味が入ればいいのですか！　と使用人一同が口を揃えてツッコミを入れたかったのは言うまでもない。

そして極めつきが、『奥様』ではなく『名代様』と呼ばせたこと。これで、彼女はローガンの妻としてここにいるつもりはないのだろうと推測されたわけである。

すっかりマチルダの虜になっていた使用人たちは、なんとしてでもマチルダに「女主人」として立ってもらいたかった。そのためには、ローガンにしっかりと彼女の手を握っていてもらわなければならない。

(早く帰ってこい！　こんないい娘をほったらかしにして！　愛想を尽かされるぞ、ばか坊ちゃん！)

と皆が呪《のろ》――もとい祈っていた甲斐があり、ようやく戻って来たローガンだったが、二人の様子は案の定というか実にギクシャクとしていて、とても夫婦とは思えないぎこちなさだった。

頭を抱えていた使用人一同だったが、今夜ようやく二人の距離が縮まったようだ。

「これでようやく夫婦らしくおなりになるな……」

　このリットンも、マチルダという珠玉を失わずに済んだと、安堵の嘆息を漏らしていると、アヴァが意地悪く笑った。

「でも、旦那様は明日王都に戻られるんでしょう？　やっと念願叶って夫婦になった途端、離れ離れ。ふふ、ザマーミロって感じですわね！」

　これまでの奥様の悲しみを思い知れ！　とほくそ笑んでいるアヴァに、家令はやれやれと肩を上げる。

「今回、王都へは奥様もご一緒される。女王陛下のご結婚の内々の祝宴があるそうで、女王陛下から奥様に招待状が届いているそうだ。旦那様が見せてくださった」

「ええ～!!」

「女王様も粋なことをなさるねぇ」

　悔しそうなアヴァの声と、のんびりとした料理長の声とを聞きながら、家令はまた酒を口に含む。

　今宵は良い酒になりそうである。

ソーニャ文庫アンソロジー

騎士の恋

わたしの黒騎士

荷鴣

じくじくとせり上がる冷気に肌が粟立《あわだ》った。湿り気を帯びた、澱《よど》んだ空気が鼻をつく。華麗なドレスしか纏《まと》ったことのない華奢《きゃしゃ》な身体は、いまはみすぼらしい亜麻布の服に包まれていた。ごわつく粗悪な布は所々ほつれて、肌にちくちく繊維が刺さる。

暖炉も椅子も絨毯《じゅうたん》もここにはない。あるのはむき出しの煉瓦《れんが》の壁と、床を覆う寒々しい石畳。部屋の隅のくぼみには黒々とした水が滞《とどこお》る。その横を、どぶねずみが駆けてゆく。

陰気を寄せ集めたように辺りは暗かった。光は鉄格子《てつごうし》の扉から漏れてくるろうそくの灯りのみだ。闇が苦手なエーディトは、そのか細い光をたよりに膝《ひざ》を抱えて座っていた。

うつむけば、短くなった黒髪が視界に入り、きゅっと唇を引き結ぶ。伸ばし続けていた髪はあごの長さで切られてしまい、二度とりぼんで結べない。結《ゆ》える長さになるまでは生きられないからだ。

今日は生き延びられたけれど、明日死ぬか、それとも明後日か。

断頭台で、黒ずくめの男が大剣を振り下ろすさまを頭に描く。命は風前《ふうぜん》の灯《ともしび》だ。

死にたくない。エーディトはまだ十六歳だ。やりたいことはたくさんある。けれど、どうにもならない。これは逃《のが》れられない運命なのだから。エーディトの未来は国とともに閉じているのだ。

エーディトの国ヘルトリングは、アルムガルト国との戦に負けて、地図の上から消滅した。王族は皆殺されて血は絶える。こちらが勝っていれば逆だった。相手国の王族の血を、同じように絶やしただろう。――消えること、それは敗戦国のさだめであり世の理《ことわり》だ。

かつん、かつん、と遠くのほうから靴音が聞こえてきた。身をこわばらせたエーディトは、奥のほうに移動した。息をひそめていると、音が近づき、この部屋で止まったようだった。

ごくりと唾《つば》をのみこんだ。怖かった。怖くてたまらない。けれど、なけなしの矜持《きょうじ》で心を奮い立たせ、背すじをのばす。決してみじめに見えないように、まっすぐ前を見つめた。

「見ろよ、ヘルトリングの王女だぜ」

鉄格子越しに見えるのは、こちらを賤《いや》しめるように覗く男ふたりだ。

「ふん、めそめそしてればまだかわいげがあるけどよ、いかにも気位が高そうだ」

男たちは顔を合わせてくしゃくしゃ笑う。そしてエーディトに向けて鼻を突き出した。

「やあ王女さま。牢獄の居心地はどうだ？　そのみすぼらしい服、あんたにお似合いだ」

黙っていると、男は続ける。

「あんたの親は死んだ。やつらの死体はヘルトリングの城壁に吊《つる》されてるぜ。鴉《からす》につつかれてるかもな。逃げたあんたの兄貴だって同じ運命だ。うちの〝死神〟が追ってるんだ、あの方から逃げられるやつなんざこの世にいねえ。なあ、いまどんな気分だ？」

家族の死を知らされてもエーディトは眉《まゆ》ひとつ動かさなかった。そんな彼女に男たちは、「やはり王族ってやつは心がねえな。すましやがって」とあざけった。

「しかしあんたもついてねえな。あんた、一週間後にアンニム国に嫁《とつ》ぐ予定だったたって聞いたぜ？　嫁いでいりゃああっちの人間になれたのに、なり損ねたせいであんたは死ぬ」

エーディトは顔をくずしそうになったが耐え抜いた。姉のふたりはすでに嫁いでいたから無事なのだ。アルムガルト国の侵攻が遅ければ、男たちの言うように、たしかに自分も助かっていただろう。

「それよりあんた、腹が減ってるんじゃないのか？　四日は食ってねえよな？　背中と腹がくっつきそうだろ？　股《また》を開けよ。その身体と引き換えにめしを食わせてやる」

「そりゃあいい。男を知らずに死ぬのもあわれだからな」

下品に笑う男たちの声がこだまする。そのなかで、エーディトは静かに息を吸いこんだ。

「去りなさい。おまえたちのいかなる言葉も聞く気はありません」

「は！　生意気な小娘め！」と鉄格子をがん、と蹴《け》られて激しく揺すられ、縮みあがりそうになったが、エーディトはおなかに力をこめて背すじをのばしたままでいた。激昂《げきこう》した男たちにこのまま犯されようとも、決して動じるものかと歯を食いしばる。それは王女としての意地だった。

「まあよせよ、やさしくしてやろうぜ？　どうせこいつ、明日には断頭台行きなんだ」

エーディトの鼓動が大きくざわめいた。覚悟はしていたものの、いざ死を突きつけられると苦しい。

「命乞いをしても無駄だ。あんたは明日死ぬんだ。太陽がてっぺんまで昇ったら、王さまやお貴族さまが居並ぶ前でその首は吹っ飛ぶ。せいぜい派手に血を撒《ま》き散らせて死ね」

その光景が示すものは明らかだ。エーディトは儀式に選ばれたのだろう。敵国の王女の死を以《もっ》てアルムガルトは国内外に勝利を宣告する。戦乱の世、どこの国でも行われていることだった。残虐《ざんぎゃく》に振る舞えば獰猛《どうもう》な国として広く知れ渡り、敵は萎縮《いしゅく》する。配下につく国も出る。エーディトの国ヘルトリングも同じように周囲の国に行っていた。

「なあ、鍵《かぎ》を取ってこようぜ？　おれたちがこいつを女にしてやろう」

男たちは、廊下の灯りに手をかけて、そのまま牢から遠ざかる。光を失った空間は暗さを増していき、エーディトは、はっ、はっ、と浅く息をくり返した。

これから自分は得体の知れない男たちに辱《はずかし》められ、明日、この命は消えるのだ。いくらいやだと思っても、なにも持たないこの手で抵抗できるわけがない。

靴を取られた素足をすり合わせ、膝に額をつけて突っ伏した。

いま、エーディトの心を支配し、蝕《むしば》んでいるのは、恐怖以外にもある。それは孤独だ。

彼女は王女とはいえ、恵まれて育ったわけではない。幼少のころから自制を強いられ、政治の道具として生きていた。両親が愛していたのは、次の王となる兄だけだった。

彼らは城がいよいよ危《あや》うくなると、エーディトを敵前に残して囮《おとり》とし、自分たちだけ逃げ去った。必死に手をのばしても、一度も振り向きもしなかった。このとき、やはり自分はいらない人間だったのだと思い知り、心底打ちひしがれたのだ。

孤独に苛《さいな》まれながら十六年を生きてきた。一度でいいから、自分が生まれたことの意味を感じてみたかった。だからこそエーディトはアンニム国に嫁ぎたいと思っていた。夫となる人物は、自分を必要としてくれるかもしれないと、希望を胸に、指折り数えて待っていた。しかし、国が滅びたいまはもうそれも叶わない。

かちかちと歯が鳴った。これからのみじめな自分を思えば、肩が震えて涙がこぼれる。

自分は孤独を味わうためだけに十六年を生きてきたのだろうか。幸せといえた期間はあまりに短い。

――幸せ……。

牢獄は地下にあり、陽の光も月明かりも届かない。いつのときでも等しく闇に塗りつぶされる。エーディトは、それでも過去の幸せを掘り起こす。

生を終える最後のときは、せめて幸せでいたいと思った。なにも決められない、人に支配されるだけの、がんじがらめで孤独な人生だったとは振り返りたくなかった。

そんな彼女がなにもない空間に思い描いたのは雪景色。人を寄せつけることのない、侵しがたい雪原だ。

それは、なつかしく、やさしい色だった。

――そうよ。アルバン、あなたがいてくれたから……わたしは幸せだったわ。

＊　＊　＊

ぽん、ぽん、と青い空に花火が打ち上がる。空砲《くうほう》も大きな音を立てて鳴らされた。

窓枠に頬杖をついたエーディトは、空を見上げて息をつく。今日はエーディトの九歳の誕生日だ。けれど、その花火は彼女の誕生を祝うものではなかった。すべては兄のものだった。今日は、明日十一歳を迎える兄の誕生の前夜祭。

ずるいと思わずにはいられなかった。同じ親のもとに生まれたのに、何事も兄と差をつけられているからだ。同等に扱われたことなどたったの一度もなかった。

――どうしてわたしは、男に生まれなかったのかしら。

男児であれば、両親の視界に入ることができるし、話しかけてもらえるし、話を聞いてもらえる。二歳で夭逝《ようせい》してしまったが、弟が生まれたときも、彼が一歳の誕生日を迎えたときも、こうして花火が打ち上げられた。それを思い出すたびに、みじめで涙がこみ上げる。

この国では女に価値はなく、祝福されるのは男だけだ。両親と顔を合わせて食事ができるのも、笑顔を向けられるのも、男である兄だけだ。エーディトをはじめ、この国の王女たちはそれぞれの塔に隔離され、人との接触を制限されて、未来の夫のためにきびしい教育を施される。

エーディトの手はつねに腫《は》れてぱんぱんだ。刺繍《ししゅう》や詩がうまくできなかったり、少しでも作法を間違えれば、教育係に手を叩かれる。彼らは、痕にならないように痛みを与える方法を知っているのだ。兄は、手を挙げられることなどないし、ちやほやされるだけだというのに。

じくじくと痛む手をさすっていると、水差しを持つばあやがエーディトに近づいた。

「エーディトさま、今日はお誕生日ですね。お好きなりんご水をご用意しました」

りんご水はたしかに好きだけれど、このくやしさの気休めにはまったくならない。唇を尖らせれば、ばあやは目を細めてほほえんだ。

「ずいぶん大きくなられて。この日を迎えることができて、ばあやは幸せですよ」

毎年エーディトの誕生日を祝ってくれるのは、この白髪まじりのばあやだけだった。

「あなたの幸せを、ばあやは毎日祈っています」

彼女のまごころを感じられる表情や言葉がうれしくて、しわしわの手を取ろうとすると、ばあやは水差しを傍机に置いたあと、エーディトの手をにぎってくれた。

「ありがとう。でもばあや、わたしは幸せとは言えないわ。だって……今日も叩かれた」

しゅんと視線を落とすと、ばあやが腫れたエーディトの手をさすった。

「おいたわしい。ですが、あと七年でエーディトさまはアンニム国に嫁がれます。ゆくゆくは王妃になられるのです。教育係の方たちも、つい完璧を目指してしまうのでしょう。

それは、エーディトさま、あなたが優秀でいらっしゃるからです」

「わたしが、優秀？　毎日、だめな生徒だと言われるのに？」

「ええ、優秀ですよ。おかわいらしくて、聡明で、このばあや自慢のお姫さまです」

エーディトはばあやに手を引かれて鏡の前に移動した。そこに、小さな自分が映る。ばあやに褒《ほ》められたから得意になって、頬はぱあっと上気していた。

「あなたは王妃さまの幼少のころによく似ておいでです。すばらしい黒髪に愛らしい眉、すっとしたお鼻に口角が上がったお口。お口を閉じていらしても、笑っているようで素敵です。そして、この大きな緑色の瞳は高貴な国王さまゆずりです。深緑のお色はほかのご兄弟の方々もお持ちになっておられません。あなただけが特別に受け継がれたのです」

「わたし、ひとりだけ？」

「ええ。エーディトさまは特別なお方です」

それは、エーディトをとても喜ばせ、幸せにしてくれる言葉だった。自分は必要な子だと思わせてくれた。

すっかり気をよくしたエーディトは、ばあやに「お父さまとお母さまのお話をして」とせがんだ。ばあやはもともと母の侍女だったのだ。

「その前に贈り物があります。王妃さまがかつて着けておられたりぼんなのですが、今日のよき日はあなたの髪をそちらで整えましょうね。持って参りますからお待ちください」

エーディトは、わくわくしながら退室したばあやを待っていた。

しかしその後、ばあやが戻ってくることはなかった。教育係や召し使いの目をかいくぐり、こっそりと部屋から出てばあやを捜し続けたけれど見つからず、やがて二週間が経過した。

そして、しとしとと朝から霧雨《きりさめ》が降る冷たい日、エーディトは、ばあやが日の出前に、処刑されたのだと知らされた。


ばあやが牢獄に囚われていたなど思ってもいなかったエーディトは、当然ながら荒れた。泣きじゃくりながら壁に手を打ちつけたり、床に転がったり、走り回った。どうして、どうして、と疑問は尽きない。

エーディトにとっては、世界でたったひとりの、やさしい人だった。両親に抗議しようとしたけれど、面会は叶わなかった。刺繍を強いる教育係を押しのけて、処刑のわけを聞こうと詰め寄れば、王女失格とばかりに大量の水をかけられた。ばあやのことは忘れなさいと言い含められたが、忘れることも、その死に納得することもできるはずがなかった。

見かねた第一王女がエーディトのもとにやって来て、「たかが侍女ごときに情けない」と叱責《しっせき》した。けれどばあやはたかが侍女ではない。もっとも大切な人なのだ。激情に駆り立てられるまま姉に飛びかかれば、姉の従者に羽交い締めにされ、「王女らしからぬ行動を反省なさい」と中庭に放られた。

エーディトはぶなの木の下で、ひとりぼっちでうずくまった。王女といっても名ばかりだ。大切な人を守れない。無力な自分がはがゆくて、くやしくて、やるせなさに泣いていた。降りしきる雨がエーディトを濡らし、涙もなかったことのように流してゆく。

どれほど時間が経過したのかわからない。ずぶ濡れだった。けれど、雲間《くもま》から光が差したとき、小柄な影がこちらに向かってのびていることに気がついた。

頭を上げれば、近くに奇妙な人が立っていた。長いあいだそこにいたのか、その人はエーディトと同じくずぶ濡れになっている。

ひと目で召し使いではないと思った。その人は、動きやすそうな簡素な服を来ているが、腰に剣を携えて、顔のすべてを覆う鉄の兜《かぶと》をつけていた。鎧《よろい》は纏っておらず、いかめしい兜だけの異様な姿もさることながらエーディトがこわばったのは、その人の手や足や首に、包帯がぐるぐる巻かれて、一切肌が露出していなかったからだ。怪我人というよりも、話に伝え聞くミイラのようだった。

「あんた……第三、王女……？　だろ」

王女に対してあまりにも不躾《ぶしつけ》な言い方だ。エーディトはこの不気味な人の問いかけに答える気にはなれなかった。けれど、ずっと返事を待っているようなので嫌々うなずけば、相手は言いよどむかのように濡れた服をいじくった。胸がぺたんこなことから男の人なのだと思った。

「おれは……こ、言葉を覚えた、覚えているのは、最近で、が……外国から、来た、から……まだ、勉強中で……うまく、おれは、まだ……話せない」

一言一句確かめながら彼は言う。声変わり前なのか声は澄んでいた。きっと、彼は若い。

ごしごしと手の甲で涙をぬぐい、エーディトは「うん」と首を動かした。

「おれは、肌が、弱くて、太陽に当たると……焼ける？　は、腫れる。だから、この格好を……している。今日は、あ、雨で太陽がないけど……この、格好は……あんたに、姿を見せるのは……おれ、気味が悪いから、あんたを……お、驚かせたく、ない。なかった」

彼は、エーディトが反応する前に、「あんた……ば、ばあやって人を、捜していた、から……前、おれ、見かけて……」と付け足した。すぐに彼女は飛びついた。

「あなた、ばあやを見かけたの？　どんなことでも、なんでもいいからお願い、教えて」

「……あんたが、さ、捜し続けて、いたからおれは……。おれも、捜した。ずっと」

彼はエーディトのとなりにしゃがんだ。

どうやら彼は騎士の見習いで、騎士を中心に情報を集めたようだった。

彼が言うには、ばあやは王妃に――母に――りぼんを手放す許可を取りに行ったらしい。

なぜならそのりぼんは、かつて母からばあやにゆずられたものだからだ。しかし、ちょうどそこに兄が勢いよく入室し、杯を持つ侍女とばあやに次々ぶつかり、その葡萄酒《ぶどう》入りの杯がこぼれて、母のドレスが汚れてしまった。しかも、転んだ兄は膝を擦りむいた。

汚れて使いものにならなくなった母のドレスは、わざわざ外国から人を呼び寄せ、半年かけて仕立てたばかりの極上の品だったという。それは後日行われる祭典のため、試着をしていた真っ最中の出来事だった。

次期王である息子にわずかでも傷を負わせたことも含め、母の怒りはすさまじく、ばあやと侍女は牢獄に囚われた。そして、処刑されたのだ。

エーディトはわなないた。この世は理不尽でできている。〝しかたがない〟なんて割り切れないにもかかわらず、割り切らなければならないようにできている。

唇をかみしめうつむくと、涙がぼたぼた落ちてゆく。ついには声をあげて泣いていた。もし、当時気づけたとしても、助け出すのは無理だっただろう。自分では、母の決定を覆すなど絶対できない。この国に女として生まれた以上、無力でしかいられないのだ。

「……仕返し……する？」

ぼそりとつぶやかれた声に、エーディトはぐしゃぐしゃな顔でそちらを見た。

鉄兜が目に映る。すっぽりと覆われているため、その表情はわからない。

エーディトの腫れた小さな手を、布の巻かれた彼の手が、やさしく、そっと撫《な》でつける。

「おれが、討とうか？　……仇《かたき》」

それは、一介の騎士見習いには不可能なことだった。堅牢なヘルトリング城において、まったく現実的でない言葉。少年がたったひとりでなにができるというのだ。いくら憎くても、いくら責めたてたくても、王女であるエーディトですらなにもできないでいるのに。

見つめていると、頬を流れるしずくに彼の指があてられる。

「どうすれば……あんたは、泣きやむ？　つ……つらく、なくなる？」

「……泣きやめないわ。絶対に、つらくならない。だって、わたしには」

エーディトは唇をへの字に曲げて、くしゃくしゃに顔をゆがめて言った。

「わたしにはばあやしかいないのだもの」

「これからは……おれがいる」と口にした彼は、エーディトの黒髪に手をのせた。

王族の頭に無断で触れる。へたをすれば、彼は不敬の罪で牢獄行きだ。けれど、彼は恐れることなく、ゆっくり髪を撫でつけた。ばあや以外に髪に触れられるのはいやなはずなのに、エーディトもされるがままでいた。いやな気持ちにはならなかった。

彼の手からはいたわりの気持ちが伝わってきて、エーディトは、知らず彼にすがりつく。そのまま彼の胸に顔をうずめると、そっと背中に手が回り包まれた。

ずぶ濡れだから冷たいはずなのに、ほのかに温かく感じた。

エーディトは、名前も知らない彼に抱かれて、涙が涸《か》れるまで泣いた。

ばあやを失って以来、エーディトは涙に暮れて過ごしていたけれど、中庭で彼と会ってからは、時折彼のことを思い出した。やがて夢にまで現れるようになった彼は、やはり簡素な服に、顔を覆う兜を被り、腕や足に包帯を巻きつけた不気味な姿だった。が、容姿は悪夢のようであっても、やさしい夢だった。

ばあや以外には触れられたくなかった髪も、彼に撫でられてからというもの、召し使いに任せられるようになった。

エーディトは、日増しに中庭の彼への想いが募《つの》り、会いたくなっていた。

周りにいる召し使いや教育係や衛兵は、儀礼的に接してくるだけで、エーディト個人に対して特別な感情はなく、誰かといてもひどく孤独を感じていた。近くにいるのに、話しているのに、まるでひとりでいるかのようだった。

――彼のお名前はなにかしら。どこに行けば会えるのかしら。……わからない。

それからふた月ほど経った日のことだ。窓枠に頬杖をつき、物思いに耽《ふけ》っていると、なにかがこつんと部屋に舞いこんだ。確認すれば、それは爪の先ほどの小さな果実だった。どこから飛んできたのだろうと窓から身を乗り出せば、階下に会いたい人の姿を見つけて思わず顔がほころんだ。あいかわらず彼は、鉄兜と簡素な服という奇怪な出で立ちだ。

エーディトが手を振ると、彼はこちらに手招きをした。エーディトは彼に見えるように、思いっきり大きくうなずいた。

　召し使いや衛兵たちの目をすり抜けて、エーディトは螺旋《らせん》階段を下りてゆく。おそらく歳が近いと思われる彼と、たくさん話してみたいと思った。

　下にたどり着いたときには三十分ほど経っていたけれど、彼は辛抱強く待っていてくれていた。エーディトが駆け寄ると、彼は騎士さながらに片膝をつき、敬意を表した。

　彼が立つのを待ち、鉄兜を見つめれば、隙間から見える瞳はきれいな薄水色だった。

　――お空よりも澄んでいるわ。宝石みたい。

「あの、あなたのお名前は？」

「おれの名？　おれは……」

　言葉の途中で、彼は突然エーディトの手を引き、木陰に隠れた。回廊に騎士の一行が見えたからのようだった。見つかれば、彼は大目玉を食らうのだろう。

　屈んだまま木に囲まれた一角に誘導されると、彼は息をついてからこちらをうかがった。

「おれの名はアルバンだ。おれは、どうしてもあんたの様子が知りたかった。心配だった。だからあんたに、ここに来てもらった。伝えたいこともあった。おれの言葉……少しは上達したか？」

　エーディトはうなずきながら感動していた。ふた月ぶりの彼は、まだ発音にぎこちなさは残るものの、すらすらと話している。

「とてもじょうずだわ。努力したのね」

「毎日、練習している。あんたと話したかった。元気か？　泣いてないか？」

「うん……泣いてはいるけれど、元気だわ。ありがとう」

エーディトがじわじわと涙を浮かべると、包帯の巻きついた指が目もとにあてられた。びく、と肩をはね上げそうになったけれど我慢した。彼は出会ったときからエーディトにためらいもなく触れてくるから胸がどきどきする。彼の表情がわからないから余計に。

「おれ、いまは見習いだけど、早く騎士になる。この国の王女は、騎士と主従の誓いを結ぶと聞いた。だったら、おれがあんたの騎士になり、二度と泣かないようにする」

アルバンの言うとおり、ヘルトリングの王女は騎士をひとり指名して、自身の騎士とするのが習わしだ。しかしそれは、一定の地位を有する者——貴族の騎士から選ぶのが不文《ふぶん》律《りつ》。もしも、エーディトが貴族ではないアルバンを選べば前代未聞のことだろう。皆のばかにしきった顔も容易に想像できた。

けれど、いくら地位が高くて見栄えがよくても、心のない騎士などいらない。自分の騎士にするならば、ばあやのように寄り添ってくれる人のほうがいい……。エーディトはそう思った。

「アルバン、わたしの騎士になってくれるの？」

「おれがなる。誰にもゆずらない」

彼はエーディトの手を取り、ぱんぱんに腫れた甲をいかにも宝物のようにさすった。

それからエーディトは、たびたびアルバンと会うようになっていた。場所は、エーディトの居室の窓の下、木に囲まれた死角だ。誰にも見つからない絶好の場所だった。

彼がつむぐ言葉は心地がよかった。孤独なエーディトに寄り添い、温めてくれた。信頼し、心を開くのはすぐだった。彼がしきりに「気味が悪いから」と言って見せてくれない兜のなかの顔を想像しなくもなかったが、その素顔は見なくてもいいと思った。彼の外見を気に入っているわけではなかったからそれでよかった。ずっと笑えていなかったのに、彼といれば笑顔になれた。

会話のなかで、彼の歳がエーディトよりも四つ上であることを知った。ほかにも、好きな食べ物、嫌いな食べ物などたわいのない話をした。エーディトの目を指して、「好きな色は緑色」と言われたときは心臓が飛びはねた。きっと、エーディトは目もあてられないくらいに真っ赤になっていただろう。そのとき、手をぎゅっとにぎられた。少し痛かったけれどうれしかった。

季節がめぐるうちに、彼の声がかすれて、いつのまにか声変わりを迎えた。それまでの澄んだ声も好きだったけれど、低くなった声も好きだと思った。

変わったのは声だけではなく、彼の身体も子どもから大人へと変化していった。三年も過ぎれば、いつしか見上げるほど背は高くなり、背中も広くなった。あいかわらずの兜に、長い手と長い足。細身だけれど、包帯に包まれた腕にはしなやかな筋肉もついていた。

彼の全身をまじまじと見ていたエーディトだったが、彼もこちらを見ていたらしい。途中で目があった。

「あなたは成長なさいましたね。少しずつ大人になるための仕度をされているようです」

時を経て、彼の言葉づかいも変わっていた。もう、ぎこちなさはひとつもない。

「あなたに比べれば、わたしはまだまだ子どもだわ。早く大人になりたい」

「おれと比べるのは間違っています。あなたは十二歳で、おれは十六歳なのですから」

エーディトは唇を尖らせる。埋められない差を見せつけられるのはあまりいい気分がしなかった。彼が大切だからこそ、少しでも差を縮めたいのだ。

ざあ、と風が吹き、エーディトの髪が乱れると、すかさず彼の手がのびてきて直してくれた。彼がもたらすものはかぎりなくやさしい。知らずエーディトの頬は色づく。

「ねえアルバン、戦いに行くのでしょう？　いつ行くの？」

先月、ようやく騎士になる資格を得た彼は、さっそく戦地に赴《おもむ》く手はずになっていた。そこで実際に戦い、生き延びれば、正式な騎士と認められるのだ。心配で、できればここにいてほしいけれど、騎士たるもの、戦いは避けて通れない。

「五日後です。ですが明日から兵舎に閉じこめられますから、しばしの別れになります」

「おねがいだから無事に帰ってきてね。あなたになにかあったらわたし……」

肩を落として眉根を寄せると、彼がエーディトの手に手を重ねる。今日も教育係に叱られたから、甲が赤くなっていた。彼は、その腫れた手を大切そうに掲《かか》げ持つ。

「必ず、敵をこの手で倒し、あなたのもとに帰ってきます。おれが戻ったら、騎士の儀式を望んでもかまいませんか？　あなたの騎士になるために今日まで励んできました。どうか叶えてください」

彼は若く、地位も経験もないひよっこだ。おまけに素性の知れない外国人。騎士に指名するには、誰もが異例すぎると貶し、反対するだろう。けれど迷いはなかった。

「もちろんよ。あなたが帰ってきたら、そのときは、わたしの騎士にするわ」

ずっと前から決めていた。人目を気にすることなく堂々と彼と一緒にいるために。

「知ってる？　この国の王女が騎士を迎えるときは、忠誠を誓ってもらうかわりに騎士に鎧や兜、マント、それに馬を贈るの。あなたはどのようなものがいいかしら。教えて？」

姉の第二王女は、自身の騎士に銀製の甲冑を贈った。第一王女はそれに負けじと自身の騎士に黄金づくりのものを贈った。馬はいずれも、毛艶も肉づきも最高の白い名馬だった。

王女が騎士に用意する代物は、金に糸目をつけないため贅《ぜい》をつくしたものになる。たとえ親に愛されていなくても、王女は物をふんだんに与えられるのだ。エーディトもそうだった。これまで、お金やドレスや宝石は、孤独を満たしてくれなかったけれど、エーディトはそのおかげで、彼にまごころをつくせる。

「では、すべて黒いものを望みます」

その言葉に虚《きょ》をつかれ、エーディトは「黒？」と眉をひそめる。

「どうして？　少し……いいえ、とても暗い気がするわ。黒は不吉を表すというし」

「そうでしょうか。あなたの髪の色です。だからおれは黒がいい」

聞いたとたん、身体中に火照りを感じ、エーディトはドレスの飾りをいじくりながらうつむいた。

「…………アルバン、わたし、あなたが必要なの。絶対に帰ってきてね」


彼のいない王城はさみしかった。それまでも毎日アルバンに会っていたわけではないけれど、城のどこかにいるとわかっているのといないのとでは、ずいぶん感じ方が違う。

彼が戦地に赴いて半年が過ぎようとしていた。その間に第一王女が自身の騎士と召し使いを連れて、隣国へ嫁いでいった。その隊列を塔から眺めつつ、エーディトは、いつかわたしもアルバンを連れてアンニム国に嫁ぐのねと思いを馳せた。

エーディトは、生まれたときからアンニム国の王子との結婚をさだめられていた。

――アルバンがいるのなら、どこへだって行けるわ。たとえ世界の果てでも怖くない。

エーディトは、アルバンのために『きれいでしなやかで、もっとも強く頑丈な黒い甲冑を』と熟練の職人に依頼した。姉たちのように形だけのものではなく彼を守ってくれる実用性のあるものにしたかった。また、自分に与えられた宝石をごっそり渡し『これで、甲冑にふさわしい屈強な剣もほしいわ』と特別に仕立ててもらった。マントも黒を幾重にも重ねてより濃い黒に染めてもらった。

この半年間、エーディトは自身の騎士にアルバンを選ぶことについて大臣に説得を重ね、時にはそしりを受けていた。やはり、皆に強く反対された。それもあり、多くの貴族の騎士が『我こそは』と名乗りを上げたが、エーディトは決して会おうとしなかった。

幼少のころからなにをするにも決める権利はなかった。王女は貞淑で従順であるべきという風習にがんじがらめに縛られてきた。しかし、エーディトは自身の騎士に関してはゆずらなかった。それは彼女がはじめて見せた自我だった。

毎日、ひまさえあれば彼の無事を願って神に祈りを捧げた。それまで戦は、自分にとって遠い出来事だったが、彼が参戦していると思うと気が気ではなく、積極的に戦況に耳を傾けた。

そして、ついに勝利の報せが届いた。エーディトは胸の前で手を組み、ひそかにぴょんと飛びはねた。やっと彼に会えると思うと、身体の震えが止まらなかった。

半年ぶりのアルバンは、簡素な服に無骨な鉄の兜をつけていて、あいかわらずの出で立ちだった。召し使いたちは、奇怪で野蛮なものを蔑むかのように様子をうかがっていた。エーディトの居室が豪華なせいもあるのだろう。みすぼらしい姿の彼はいつも以上に浮いていた。けれど臆することなく、立ち姿は堂々としたものだった。

通常ならば、男女がふたりきりになるなどゆるされないが、エーディトが人払いをすると彼女らは残らず従った。たとえ身分が低くても、彼はエーディトの騎士に指名された人だからだ。エーディトは、自身の騎士はアルバンしかいないとかたくなに推したのだ。

扉が閉められたと同時だった。エーディトは顔をほころばせ、彼に語りかけた。

「アルバン、とっても会いたかったわ。無事に戻ってきてくれてありがとう。帰ってきたばかりなのに呼び出してごめんなさい。あのね、鎧も兜もうんとすてきに仕上がったの。馬はまだ届いていないけれど、すごくいい馬を見つけたわ。それにね、鎧の下に着る服も剣も作ったのよ。気に入ってくれるとうれしいわ」

窓の近くに寄ったエーディトが、大きな布を引っぱると、黒光りする甲冑やマントなど、エーディトの吟味《ぎんみ》した一式が現れる。会心の出来栄えだと自負する彼女は、「どう?」と胸をつんと張る。

「ありがとうございます。さっそく身につけてもいいですか？」

「えっ、いま？　ここで？」

うなずく彼にエーディトは目をまるくする。少しでも早く彼に喜んでほしくてお披露目したただけだったのに、まさかすぐに試着をするとは思わず、えっ？　えっ？　としどろもどろになってしまった。

「あの、わたし……寝室に行くから、着終わったら……」

「いいえ。おれはあなたの騎士ですから、見ていてください」

無茶を言う。うろたえていると、彼は腕の包帯を解きはじめた。表面は薄汚れているけれど、なかの生地は白かった。しかし、エーディトが目を瞠《みは》ったのは、彼の肌の色の方だった。透きとおった白磁の肌は、かつてばあやから白さを称えられたエーディトでも敵わないだろう。

啞然としていると、彼は上衣のひもを解き、床に落とした。現れた肌はこれまた白い。しなやかな筋肉を纏う身体はさながら石膏像のようだった。首の包帯を緩めて屈んだ彼は、下衣までもためらいもなく脱いでゆく。

後ろを向いている彼の、引き締まった形のいいおしりが見えて、エーディトはたまらず小さく悲鳴をあげて、両手で顔を覆った。

「アルバン、なんてことをするの。だめよ」

「あなたにすべてを見てほしい。気味が悪くても、おれという人間を知ってください」

「気味が悪いだなんて思わないわ」

「だったら、見てください。あなたの騎士を」

そう言われてしまえば目を閉じてはいられない。エーディトがそっと両目から手を離すと、全裸の彼は、鉄の兜を脱いでいた。それがことりと床に置かれて、うつむいていた彼が、鼻の先を持ち上げる。

息が止まりそうになった。まるで雪の妖精だ。濁《にご》りや染みなど一切ない。

エーディトは、こんなにも美しい人を見たことがなかった。

絹のような純白の髪は艶やかだ。灯りを含み、淡く発光しているかのようだった。

その髪の隙間から見えるのは、髪と同じ白色の長いまつげに縁取られた薄水色の瞳。目も鼻も唇も、あごも頬もひどく整っていて、欠点がないと断言できる。

肌を覆う産毛さえ白い。きらきら光り、氷のつぶを思わせる。うっすらと纏う股間の陰毛も白かった。ひたすらきれいだ。彼を形作るものすべてが芸術品だった。

輝くように真白な彼は、神から祝福を与えられたのだろうか。この世の奇跡だと思った。

「顔を上げてください」

美しさに見惚《みと》れてしまい、はっと気づいたときには、彼は至近距離にいた。仰げば、その薄水色の瞳に、目をまるくしたエーディトが映りこむ。

「不気味な姿で驚いたことでしょう。おれは眼球以外に目立った色を持ちません。おれの母は濃い色を持つ女でしたが、あの女の業《ごう》が深かったからでしょうか。あらゆる色を奪われました。身体も欠陥品です。太陽に弱く、光を遮る布が欠かせません。直接日光を浴びれば肌が爛《ただ》れます。あなたにだけは、この醜悪《しゅうあく》な姿を晒したくなかったのですが、あなたの騎士になると決めたときに、すべてを受け入れていただきたくなりました」

あまりにも真剣なまなざしに、エーディトは、音を立てて唾をのみこんだ。

「たしかにびっくりしたけれど……でも、不気味だからではないわ。醜悪だとも欠陥品だとも思わない。あなたはすごくきれいよ。わたし、おとぎの国の天使かと思ったもの」

彼はかすかに目を大きくしたが、すぐにすうと細めた。

「それは、おれを受け入れていただいたと解釈してもよろしいですか？」

「アルバン、わたしはあなたに出会った日からとっくに受け入れているわ。あなたがどのような姿でもいいの。あなたはあなただもの。わたしはあなたがいればいい」

「おれがいればいいのですね」

彼はまつげを伏せて、ゆっくりと持ち上げた。

「おれは、この命をあなたに捧げます。額に騎士の証をいただけますか？」

そう言って彼がひざまずくと、エーディトは彼の肩に手をのせた。滑らかな彼の肌は、見た目は雪のように冷たそうだが実際は温かい。ぎゅっと固く目を閉じて、彼の額に唇を近づける。この、額への接吻は、騎士とさだめた者に主が与える祝福なのだった。

はじめてで慣れていないから、胸がやけに騒がしい。緊張のあまりじっとりと汗が噴き出した。

ようやく彼の額に口づけたと思ったとき、なぜか、ふに、とやわらかさを感じた。不思議に思ってまぶたを開けば、あごを上げた彼の唇に、エーディトの唇がぴたりとついていた。

すぐにりんごのように真っ赤になった。咄嗟《とっさ》に離れようとしたけれど、腰に彼の白い腕が回されていて離れられない。唇をわななかせれば彼は短く息を吐きだした。笑ったのだ。

「おれは、謝ったほうがいいのでしょうか」

「い……いいえ、これは事故だもの。そうよ、事故……」

すぐに、角度を変えて、ふたたび彼の口がつけられた。まぎれもない、これは唇同士の接吻だ。

「アルバン……だめよ」

「おれは、今日のことを生涯忘れません」

顔をはね上げれば、彼の薄い唇が弧を描いた。妖艶で美しく、エーディトの肌は粟立った。ばくばくと暴れる鼓動が苦しくて、エーディトは、ふう、ふう、と息をする。

いま起きたことが信じられない。どうしようと戸惑っていると、彼の白い指先がエーディトの唇にのせられる。そして、形に沿って撫でられた。まるでふたたびくちづけをされているかのようだった。

　エーディトがそのうわさを聞いたのは、アルバンを自身の騎士にしてから一年ほど経ったある日のことだった。エーディトが十三歳で、アルバンは十七歳。ふたりはつねに奇異の目で見られていた。王女と騎士――外国人から騎士になったとしてもその果てしない身分差は、異端以外の何物でもなく、受け入れてはもらえない。けれど、エーディトは気にしなかった。

　エーディトが耳にしたうわさとは、戦地で暴れる〝死神〟のことだった。死神は、楽しむかのように戦いに身を投じ、縦横無尽に駆け抜けて、容赦なく人を屠《ほふ》るという。しかも、手当たり次第残虐に。その者は、黒光りする青鹿毛《あおかげ》の馬に跨《また》がり、漆黒の鎧を纏っているらしい。

　黒と聞けば、思い当たるのはアルバンだった。しかし、エーディトは即座に否定する。

　彼はやさしい。残虐という言葉とは無縁の人だ。それに、騎士になってからまだ経験の浅い彼が、殺戮《さつりく》に耽るなど考えられない。歴戦の騎士ではなく、まだ十七歳の青年なのだから。

「どうかしましたか？」

エーディトの居室にて、黒い兜を被ったままの彼が首をかしげると、長椅子に座るエーディトは、「なんでもないわ」と笑みを浮かべる。

彼は一年の大半を戦地で過ごし、城に戻れば鍛錬のとき以外はエーディトの側にいてくれる。ひと月後にはふたたび戦地に戻ってしまうから、彼との時間は大切だ。王女の騎士は、王女が嫁がないかぎり、他の騎士と同じく戦争に駆り出されてしまう。

――早く嫁ぎたいわ。アルバンを戦地に行かせたくないもの。ずっと一緒にいたい。

エーディトは、十六歳でアンニム国へ嫁ぐとさだめられている。あと三年だ。

「ねえ、アルバンは死神って知っている？　戦地にいるらしいのだけれど……」

「死神ですか？　いいえ、知りませんが。しかし、たしかにもっとも死に近い場所ですから、死にまつわる神は、一柱や二柱、いるのかもしれませんね」

「神さまや場所のことではないの。死神はね、殺しを楽しむ人のことなのですって」

「楽しむといった感情は別として、戦場では皆が等しく人殺しですよ。当然おれもです」

「戦争ですもの、わかっているわ。あのね、わたしが言いたいのは、殺しを喜びとする人とあなたが鉢合わせたらと思うと怖いということなの。あなたはわたしの大切な騎士だもの」

彼は「気をつけます」と言いながら、エーディトの手を取った。今日もエーディトの手の甲は腫れている。嫁ぎ先のアンニム国の言語がとても苦手だから、毎回失敗してしまうのだ。

「おれはあなたの手が腫れていない日を知りません」

「腫れていない日もあるわ。でも、わたしはすぐに間違えてしまうから……だめね」

視線を落としているあいだ、彼はエーディトの手の甲を撫でていた。「だいじょうぶよ」と顔を上げても、ほほえんでみせてもやめずにいた。その日はエーディトの居室を出るまで、彼はずっと手を放そうとはしなかった。そんな彼が、去り際に手をにぎりながら言った。

「おれ、明日から戦地に向かいます」

「え？　そんな……もっと一緒にいられるのではないの？　ひと月後でしょう？」

「終わらせてきます」

「なにを終わらせるの？」と聞いても彼は答えなかった。表情をうかがおうにも思いは量れない。彼は、くちづけを交わした日から、一切兜を脱ごうとしないのだ。

不安まじりの目で見上げると、耳もとでささやかれた。

「必ずあなたのもとに帰ると約束します」

そう言った、あの日の彼を思い出すと、涙があふれてきてしまう。

その言葉を最後に彼は消え、とうとう戻ることはなかったのだから。

行った先は戦場だ。頭のなかを死がよぎる。けれど、そのつど否定した。生きていてほしいと無事を願い、来る日も来る日も神に祈りを捧げた。

やがて一年が過ぎ二年が経った。そして三年め、全身に悲愴《ひそう》感を刻んだ彼女は、十六歳を迎えた。

＊　＊　＊

ぴちゃん、ぴちゃん、と水滴がしたたる音がした。

膝を抱えたエーディトは、涙をぬぐって決意した。

――なにが起きても、……陵辱されても、わたしは、最期のときまで王女としての矜持を忘れない。

捕らえられている牢獄は地下にある。明日の昼に処刑されるのならば、地上に出られるのは陽が昇ってからだろう。最後に月が見たいと思ったけれど、きっと二度と見ることは叶わない。

せめて想像だけでもと、まぶたを閉じる。眼裏に描くのは、居室の塔から見上げた月だ。

それからふいに、思い出に変えた彼の姿が浮かんだ。思い出としなければ、彼のいない三年を耐えられなかった。自分には婚約者がいるのだからと、かたくなに認めなかったが、彼は初恋の人だった。

あの、手を撫でてくれた感触を忘れない。寄り添ってくれたやさしさを忘れない。

太陽ではなく月のような人だった。陽ではなく陰の人。だからエーディトは、太陽よりも月が好きだった。日向よりも日陰が好き。凍てつく冬が大好きだ。それは彼の色だから。

エーディトは、彼との記憶をなぞった。

『ねえ、あなたははじめて会った日、外国から来たと言ったわ。どこの国から来たの？』

『バールケですよ』

バールケとは、ヘルトリングが滅ぼした国の名だ。王族の処刑は見世物になっていた。

『そんな顔をしないでください。おれは末端の人間ですから愛国心などありません。国が滅びたときに、ヘルトリングの騎士隊長に拾われました。そしていまはあなたの騎士だ』

エーディトは、ぎゅっと粗末な亜麻布の服をにぎった。

――これは罰。ヘルトリングは人を殺しすぎたわ。だから王女のわたしが罰を受けるの。

そう自分に言い聞かせても簡単にのみこめるものではない。なぜ自分がという思いが根強く横たわっている。死の怖さを紛らわせようと平気なふりもした。けれど、暗闇が苦手なこともあり、虚勢はいまにもしぼんで潰れそうだった。背すじをぴんとのばしていたいのに、くじけてしまいまるまった。ついにはエーディトは肩を震わせ、うっ、うっ、と泣き出した。

「会いたいのにどうしていないの？　わたしの騎士なのに、どうして？　ばあやの代わりにおれがいるって言ってくれたのに、どうして消えたの？　ずっと側にいるって、命を捧げると言ったのに、いないじゃない。必ずわたしのところに帰ってくるって言ったのに」

涙はあふれて止まらずに、情けなくも鼻水まで垂《た》れてゆく。

「わたしは、そんなにも……愚鈍でだめな王女だった？」

城が落ちるとき、両親や兄ばかりでなく、貴族や召し使いもエーディトを見捨てて、我先にと逃げていった。誰も側には残らなかった。その孤独は深く心に刻まれた。

「わたしは、ひとりぼっちになるために……生まれてきたの？」

つむいだ言葉は、しんと静まり返る黒い闇に溶けてゆく。

ぐすぐすと洟《はな》をすすっていると、やがて足音がひびきはじめた。近づく音に、血の気が引いた。とうとうだ――。

鍵が開けられたときには、生きた心地がしなかった。

男たちが持つろうそくは、なぜか血の色に見えた。

纏っていたぼろぼろの服をちぎられるのは一瞬だった。冷たい空気が肌を刺す。エーディトは、たちまち裸にされていた。

怖くて、怖くて、さけべない。死ぬほどいやでも、身体は萎縮し、手も足も動かなかった。人はあまりに恐怖を覚えると、なにもできなくなるのだ。それでも頭のなかでは、何度もさけびをあげていた。アルバン、と。

腕をつかまれ、胸を揉《も》まれて、痛くて苦しい。ぎゅっと目を閉じ、悪夢が終わるのを待つことしかできない。人の重みがのしかかる。その重みに気が狂ってしまいそうだった。

「いい子だ、脚を開け。前の穴も後ろの穴も、たっぷりとかわいがってやる」

太ももを割り開かれようとしたときだ。いきなり男の声が止まった。すぐに「ぐわあ」と大きなさけび声があがる。

「な、なんだてめえ！　ぎ――、が。ぎゃあああ！」

どさりと倒れる音がした。エーディトは、なにが起きたのかわからずに、怖くて目を開けられない。鼻をつくにおいはおそらく血だ。今度は自分の番だろう。

堂々としていたいのに、はっ、はっ、と、勝手に口から息がこぼれる。矜持など忘れてしまったように、歯もかちかちと鳴っていた。怯《おび》えていると、身体が地から浮き上がる。何者かに持ち上げられたのだ。

エーディトは、必死に身をよじって抵抗する。けれど、すぐに制された。

しかしそれは、宝物に対するような、やさしい手つきだった。

エーディトはまつげをはね上げた。ろうそくのおぼろな灯りに浮かび上がるのは、すっぽりと黒い頭巾《ずきん》を被った怪しい者だった。通常、人はその者を奇怪だと恐れるだろう。けれど、エーディトは違った。懐かしささえ感じる。

息をついたその者は、「遅くなりました」と言った。それは、ずっと、ずっと、聞きたくて焦がれ続けた声だった。

「……あ……、あ……アルバン？」

「はい、おれです。不埒《ふらち》な輩《やから》は片づけましたから、もうだいじょうぶです」

くしゃりと顔がゆがんだ。涙が次々落ちてゆく。

「……う。アルバン……」

「ええ、おれですよ」と、彼は自身のマントで、エーディトを包みこむ。

彼には、聞きたいこと、伝えたいことがたくさんあった。けれど、身体じゅうから思いがあふれて、うまく言えない。エーディトは、もごもごと口を動かしながら泣きじゃくる。

彼は、そんなエーディトをぎゅうと抱きしめた。ぬくもりが、彼の布ごしに伝わった。

「怖かったでしょう。ですが、もう安全です。あなたの騎士のおれがいますから」

「う……。ふ、……アルバン」

「ここからお連れします。歩きますから、おれをつかんでください」

エーディトは彼の首にしがみつく。二度と離れたくなかった。

「アルバン……………う。……会いたかった。ずっと……」

「おれもです。あなたにお会いしたかった」

「ずっと、どこにいたの？　……ふ。…………わたし、あなたを待っていたわ」

「あとでくわしくお話しします。お疲れでしょう？　眠っていてください。おれがあなたを必ず守りますから。ね？　目を閉じて」

眠りたくないと思った。これが夢だとしたら、もう立ち直れない。捕らえられてから、ずっと極限状態にいたのだ。けれど、あまりの疲労に意識が遠のく。

そのとき、かすかに声がした。

「おやすみなさい、おれの王女さま」

＊　＊　＊

まどろみのなか、葡萄の味が口いっぱいに広がった。その前は桃の味がしたのを覚えている。檸檬《れもん》水に、とろとろに甘いはちみつ水。夢かもしれないけれど、咀嚼《そしゃく》もしたし、のどの渇きも満たされた。

終始、身体は温かいなにかに包まれていた。その熱はずっと離れず側にいた。

エーディトは、黒いまつげをゆっくり持ち上げる。すると、目に飛びこんできたのは白だった。

目と鼻の先にあるのは、おとぎ話のような幻想的な白い顔。髪もまつげも肌も、透明感のある純白だ。曇りのない雪の妖精のような人。ひたりと合わさった肌に、自分も彼も裸なのだと思った。

意識したとたん、恥ずかしさがせり上がり、彼から離れようとした。が、背中に回された腕は離れず、胸が、ふに、と彼の硬い胸板につぶされる。彼の腕に力がこめられたのだ。

「起きたのですね」

あまりのことに、咄嗟には声が出てこなかった。見知らぬ部屋、見知らぬ広い寝台で、ふたり、身体を合わせている。

「あなたは、三日眠り続けていました。まずは、おれの名を呼んでいただけますか？」

「………アルバン」

声は少しだけ嗄《か》れていた。彼の手がエーディトの頬にのり、撫でられる。

「もう一度、呼んでいただけますか？　おれは、あなたに名を呼ばれるのが好きです」

「アルバン」と呼びかければ、彼は「おれも、あなたの名前をお呼びしても？」と言った。

こくんとうなずけば、彼の熱い吐息が唇にかかった。

「エーディトさま」

壮絶な美しさを放つ薄水色の瞳に、真っ赤なエーディトが映っている。彼に名前を呼ばれるのははじめてだった。これまで彼は、エーディトの名前を呼んだことがないのだ。

「わたしも……あなたに名前を呼ばれるのは好き」

彼は、それに応えるように、何度も名前をささやいた。エーディトも彼に呼びかける。

ひとしきり呼びあってから、エーディトは、恥ずかしそうに目を伏せた。

「アルバン。……あの、わたしたち………裸なのね」

彼は「そうですよ」とずり下がった毛布を引き上げ、エーディトの肌を隠した。

「あなたと長く離れていたので、少しも離れたくなかったのです。おれとあなたを隔てる布は邪魔だと思いました。じかにあなたを感じていたかった。できれば、ずっとこうしていたいと思っています。あなたはどうですか？」

離れたくない──その言葉はエーディトの胸にひびいた。エーディトは、「わたしもこうしていたいわ」とつぶやいた。エーディトの未来にはなにもない。のしかかる重責も国も婚約者もなにもかも。アルバンしかいないのだ。

「寒くないですか？」

「寒くないわ。あなたは温かいもの。……あなたの鼓動が聞こえる。とても近くに感じるわ。はじめは恥ずかしいと思ったけれど、こうしてくっついているのはすてきね」

話している途中で、エーディトは気がついた。この動乱のなか、一週間は身を清めていないのだ。さらに三日間眠り続けていたのなら、ずいぶん身体は汚れているはずだ。

「……アルバン、わたし……身体を拭きたいわ」

「湯浴みなら済ませました。あなたの身体は清めたばかりですよ。ほら、全身、いいにおいでしょう。おれとしては、あなたがどのようなにおいでもかまわないのですが」

かっと頬が紅潮《こうちょう》した。彼は、羞恥《しゅうち》にわななくエーディトの短い髪を撫でながら言った。

「美しい黒い髪が惜しいことです。エーディトさま、この短い髪ではアンニム国には嫁げませんね。あなたもご存知でしょう？」

「……ええ、嫁げないわ。だって、ヘルトリングは消えたのでしょう？」

アルバンはこちらを見つめたままなにも言わなかったが、それが答えだと思った。

「わたしは、もう王女ではないのね。わたしは何者でもなく、ただの人。……だから」

その先をつむぐのはつらかった。けれど、声をしぼり出す。

「あなたは自由よ」

もう、自分の騎士として彼を縛ることはできない。自覚すると悲しくなって、涙があふれた。

「アルバン……あなたは、わたしの騎士じゃない。これからは自由に……していいの」

ぼたぼたと頬を伝うしずくを、彼の指にぬぐわれる。

「いいえ、おれはあなたの騎士です。あなたの騎士になりたくて生きてきました。これからも、永久《とわ》に、死ぬまであなたの騎士です。おれは、あなたから離れる気はありません」

「でも……、わたしはあなたになにもあげられない。地位も、お金も、なにもないもの」

「なにもいりません。あなたがいれば」

エーディトは首を振る。主従とは、主が従に与えてこその関係なのだ。なにも持たない主は従にとって価値はない。つまり、王女ではないエーディトには価値がない。

「それでは……だめだもの。わたし……」

「あなたは、なにもあげられないと言いましたが、おれはすでにいただきましたよ」

彼の言葉に、エーディトは鼻先を持ち上げる。すると、彼はほほえんだ。

意味がわからなくて目をまたたかせると、腰にあった彼の手が、エーディトの背中を這い回り、そしておしりを包んだ。

ぴく、とこわばると、彼はエーディトの首すじに顔をうずめた。さらさらとした純白の髪が頬をくすぐる。

「おなかが空いていないでしょう？　のども渇いていないと思います。寝ぼけまなこのあなたに、おれが口移しで食べさせました。あなたの声が嗄れているのがわかりますか？　おれのせいです。あなたは、しきりにさけんでいましたから」

エーディトはこれまで王女として自制しながら生きてきた。王女は騒々しくしてはいけない。恥ずべきことだとされている。さけんだりしたのは幼いころだけだ。「さけぶなんて」と困惑していると、おしりをやさしく撫でられた。

「アルバン……」

顔を上げた彼は、唇が触れそうなほど顔を寄せてきた。

「おれは、あなたのことをすべて知りたいと思っていました。また、同様におれのすべてを知っていただきたいと。この三日間でおれはあなたを知りました。次はあなたに知ってほしい」

「わたしはなにを知ればいいの？」

彼の白いまつげが伏せられる。

「お小さかったエーディトさま。あなたはかつての面影を残したまま大人になられました。おれは、あなたが大人になる日をずっと待っていたのです。言い換えれば、おれははじめから決めていました。だから、あなたにすべてをお見せしたのです。この顔と身体を。おれの素顔を知るのはこの世でただひとり、あなただけです」

「……あなたは三年前、突然消えたわ。戻ってこなかった。それでも、待っていたの？」

「ええ、待っていました。そうしなければならない理由があったのです。おゆるしを」

それは納得できる答えではなかった。彼の話す言葉は核心をつかずにぼんやりしている。

「理由って？　よくわからないわ。わたしにもわかるように話してほしい」

額に彼の唇がつけられて、そこから目に、頬に、鼻先に、小さな音を立てつつ移動する。

「まずは、おれがあなたを知ったぶん、あなたもおれを知ってください。この三日の出来事を。三年、おれはあなたに会えませんでした。ずっと、お会いしたかった」

会いたかったのはエーディトも同じだ。つらかったと伝えようとしたけれど、口を動かすまえに、しっとりと彼の唇が重なった。これが、二度めの唇へのくちづけだ。目を閉じれば、まなじりから涙がこぼれた。本当に、会いたくてたまらなかったのだ。

唇が離れて、改めて伝えようとしたけれど、エーディトはふと固まる。太ももに、ぐっと硬いものが当たっていることに気づいたからだ。それは濡れているようだった。気になって、足をもぞもぞと動かせば、彼が「くくっ」と笑った。

「あいかわらず素直でかわいい方だ。いつでもなにを考えているのかわかります。教育係から男の身体について習いませんでしたか？　勃起ですよ。おれは発情しています」

エーディトは婚姻前の教育で習ったことを思い出し、紅潮した。そのあいだにおしりにある彼の指がうごめいて、徐々に割れ目のなかにしのびこむ。エーディトは目を瞠った。しきりに視線を泳がせて、なにをするのかと戸惑っていると、指がくぷ、と穴に入った。

「あ……、そんな………」

彼が指を動かすたびに、ぴちゃっぴちゃと淫靡な音が立つ。そのさなかに別の手がエーディトの秘裂をなぞり、その刺激におなかのなかがうごめいた。ぞくぞくと背すじを走るなにかに、エーディトは首を横に振る。自身の身体の変化に心は置き去りだ。

「――っ、アルバン、やめて……怖いわ」

エーディトの反応を楽しんでいるのか、彼の瞳は満足そうに細まった。

「おれは、三日のあいだの出来事を再現しています。こう言えば、わかりやすいでしょうか。三日かけて、おれはあなたを知りました。――たとえば、ここ」

突然、秘部をなぞる彼の指が、ぬるぬるに濡れた小さな突起を押しこんだ。鋭い刺激に、エーディトは胸を突き出し、あえかにさけぶ。自分にこんな箇所があるなど知らない。

「この陰核にはかわいいほくろがあります。つい先ほどまで触れていたので、敏感になっているかもしれませんね。おれは、吸ったり、皮を剝いて舐めるのが気に入っています」

とんでもないことを言う。エーディトは、どう答えていいのかわからず、くしゃくしゃに顔をゆがめた。それよりも怖かった。終始、秘部をくちくちと彼に触られて、得体の知れない感覚がせり上がる。前後不覚に陥りそうだった。

「おれは、あなたの性器だけではなく、全身に触れ、あらかた舐めました。胸は痛みませんか？　とても気に入っているのですが、触れすぎたようで少し腫れてしまいました」

胸の確認など余裕がなくてできなかった。話しているあいだに穴に侵入する彼の指が増やされ、膣壁をくちゅ、くちゅ、と撫でられる。それは小さな突起を弄《もてあそ》ぶのと同時だ。

「ああ……っ。や、あ。怖い、アルバン」

自分の意思とは関係なく、おなかのなかがしきりに収縮し、彼の指を締めつけた。まるで、逃すまいとしているかのように。

腰の奥が変だった。汗がぶわりと吹き出して、ぐつぐつとした灼熱《しゃくねつ》が脈打った。

エーディトが、たまらず高くさけぶと、彼は手を止め、華奢な身体を強く抱きしめる。

はあ、はあ、と息を荒らげれば、ふたたび彼の唇がエーディトの口をぱくりと食んだ。

「果てましたね。これが、あなたの声が嗄れている理由です」

こんな甘くておかしな声など出したことはないのに、彼は聞き慣れているとばかりに言ってのける。エーディトは身を起こそうとしたけれど、腰がくだけてろくに力が入らない。

「アルバン、わたし……」

ところが、彼の瞳を見たとたん、エーディトの言葉はのどの奥に引っこんだ。けもののような、燃えたぎる瞳で見つめられていたからだ。こんな彼は知らない。

「脚を、開いてください」

なにも答えられずに唇をまごつかせると、彼は眉をひそめて言った。

「あなたしかいらない。おれはあなただけです、エーディトさま」

それは、魂まで揺さぶられるような声だった。胸がぎゅっと苦しくなった。痛くて熱くて、こみ上げてくるものがある。自分は、これほどまでに求められたことがあっただろうか。

九歳からのさまざまな過去が、次から次へとよみがえる。白くて妖艶な美貌の彼に、無骨な兜を被った簡素な服の彼が重なった。エーディトは、顔をくずしてむせび泣く。

好きな人だ。初恋だ。鉄の兜のやさしい人……。エーディトだって、彼しかいらない。

「アルバン」と呼びかければ、彼の唇が口にちゅ、とくっついた。

「エーディトさま。脚を、おれの意志ではなく、あなたの意志で開いてください」

「脚を……開くのね？」

おずおずと、わずかに脚を開けば、毛布をめくりあげた彼の手に導かれ、思いっきり広げさせられた。秘部に風を感じる。閉じようにも、彼の手は離れない。

彼はエーディトの脚のあいだに身体を収め、上にぴたりと寄り添った。熱い猛《たけ》りがぐずぐずに濡れたそこにあてがわれる。

ぐっと力がこめられたのがわかった。先端がエーディトにめりこむ。

「あっ、……ふ。アルバン、待って、だめよ……怖い」

「待ちません」

彼が腰を進めるたびに、ずぶ、ずぶ、と埋められる。おなかがぐっと圧迫される。

「……熱いわ……。どうしよう」

「エーディトさま、あなたも熱い」

くん、と引っかかりを覚えて反応すれば、彼がエーディトの腰をつかんだ。

「怖いことなどなにもありません。ね、痛くないでしょう?」

「痛くは、ないけれど……でも、変な感じがするわ。それに……苦しい」

彼は、エーディトの小さなおなかを撫でさする。

「ずいぶんここに注ぎましたが、やはりおれは、起きているあなたがいい。緑の瞳を見ていたい。ねえ、おれを見てください」

両手をそれぞれ取られて、十指が絡みつく。至近距離で視線が交わり見つめあう。張りつめた秘部が彼の猛りを伝える。

「エーディト、生きるも、死ぬも、あなたとふたりだ」

ぐちゅ、と一気に突きたてられた。おなかの奥にみっちりとした彼を感じて、あまりの息苦しさに、エーディトの胸は上下する。彼の下腹と自分の下腹がぴたりとひとつになっていた。

律動がはじまった。彼の鍛えられた身体がエーディトの肌をこすりあげ、胸の先に刺激が走る。薄桃色であるはずの突起は、彼女の知らない執拗《しつよう》な愛撫で、両方赤く熟れていた。

「あ！　——あ。アルバン、どうして動くの……？　あっ」

それは、いままで人の動きで見たことのない、奇妙な動作に感じられた。

「さあ、どうして動くのでしょうね？　……エーディト、口を開けて」

言われるがまま口を開けば、すぐに唇の形が変わるほどにむしゃぶりつかれて、意識はそちらに奪われた。肉厚の舌が侵入したかと思うと、くちゅくちゅと舌を絡め取られて舐めつくされる。そのあいだ、彼はずるりと腰を一旦引いて、すぐさま奥の奥に突き入れた。

鮮烈な刺激に、思わず大きくさけんだけれど、声も唾液も彼が食べつくす。激しく揺すられ、いま、なぜこうなっているのかわからずに、奥にうごめく熱に翻弄された。

寝台がぎしぎしきしむ。肌と肌が打ちあう音と、粘着質な水の音。荒い息。

彼を見つめたいのに、唇が離れないから見られない。汗ばむ肌がすべりあう。

途中で彼の嵩《かさ》が増し、蠢動《しゅんどう》したかと思うと、じわりとおなかのなかに熱いものが広がった。けれど、彼の舌に口内を蹂躙《じゅうりん》されて、深いくちづけに夢中にされた。気づいたときには硬さを取り戻した彼が、力強く楔《くさび》を穿《うが》つ。まるで終わりがないようだった。

幾度も行為を重ねて、朦朧《もうろう》としはじめたときだ。彼が「眠って」と耳もとでささやいた。

「……いや。……眠りたくない……」

「眠そうなのにどうして？　眠らなければ続けますよ？　おれは、抑えられないんです」

「……眠っても、いなくならない？」

「ええ、側にいますよ。こうしてあなたに入れたまま、抱きしめていますから。ね？」

これが夢だったらどうしようと思ったけれど、彼と隙間なくくっついているから、そのぬくもりに不安は消えてゆく。

エーディトは、白い手に黒い髪を撫でられながら、安心しきったように目を閉じた。

＊　＊　＊

となりから聞こえる寝息に耳を傾ける。身を乗り出したアルバンは、小さく開いた唇に唇を重ね、時間をかけてむさぼると、彼女の素肌に毛布を巻きつけた。

薄暗い部屋が隠していたが、エーディトの肌にはおびただしい数の赤い痕が散っている。眠る彼女に何度も吸いつき、隅々まで舐めたのだ。いまも、新たに五つの痕を追加した。

寝台から下りた彼は、真白な肌に、正反対の黒を纏う。それは、彼女の髪の色。彼は黒しか纏わないと決めていた。

精緻《せいち》な燭台に灯るろうそくを吹き消して、彼は足音を立てずに部屋を出た。頭から被った黒い頭巾は、素顔を見せないためのもの。素顔を知るのは、ひとりでいい。

彼はヘルトリングを滅ぼした国、アルムガルトに三年前から住んでいる。王宮から離れた丘陵地にある小さな城は、高い塀と木々に囲まれ、下界を拒絶する。それは難攻不落の砦《とりで》を落としたときの武勲で手に入れた城だった。その奥の部屋に飾られているのは、エーディトが授けてくれた黒い甲冑だ。成長し、いまの身体と合わないため纏えはしないが、毎日眺める宝物。

城に仕える召し使いたちは、必要以上に主人とは関わらない。それは、彼が怪しい黒い頭巾をつねに被っていることもあるが、彼の通り名が主な理由だ。その上いまは夜更けである。廊下を歩く者はおらず、城内は静寂と闇が支配していた。

外へ出ると風が吹きつけ、黒いマントがはためいた。それは小さなエーディトが贈ってくれたものだった。腰につけた立派な剣もそうだった。肉づきのよい黒光りする青鹿毛も、彼女が贈ってくれた馬。それに跨がり、道を行く。

夜闇に蹄鉄《ていてつ》の音が鳴りひびく。彼がこんな夜更けに城を出たのは、呼び出されているからだ。本当は、一日前に来いと命じられていたのだが、彼女を存分に堪能していたため無視した。

アルムガルトの王宮にたどり着き、門で徽章《きしょう》を見せるとすぐになかに通された。案内の騎士がしきりに話しかけてきたものの、彼はひと言も発しない。ヘルトリングでもそうだった。アルバンは、他人とめったに話さない。本来、ひどく無口な質《たち》なのだ。

黄金作りの観音《かんのん》開きの扉を越えれば、アーミンの毛皮のガウンを纏った赤毛の男が豪華な椅子に座っていた。手には金の杯がある。その若い男は酔っているようだった。

「イーヴォ、遅いぞ。私が来いと言ったのは昨日のはずだ。それが今日、しかもこのような夜更けに。私が酒をのんでいなければ門前払いだ。この私の夜更かしにせいぜい感謝することだな」

アルバンは、アルムガルトでは〝イーヴォ〟と呼ばれている。

「それはすみません。おれは妻を娶《めと》ったばかりですから。ご存知でしょう？」

「ふん、無粋なまねをするなとでも言いたいのか？　この私に。しかしな、女などどうせすぐに飽きる。断言しよう、男は狩りに生きるものだ。目移りして、同じ女など一年ももたない」

「妻がさみしがりますから、できれば早く帰城したいのですが」

「妻、妻などとふぬけたことを。まさかこれが、あの残虐非道な〝死神〟の言葉とはな」

男の部屋には、柱の陰に寡黙な騎士がひとり控えていた。酔った男が自身の杯を指で弾けば、騎士は黙って退室した。部屋には、アルバンと男のふたりだけになる。

「しかし、おまえに話を持ちかけられたときには半信半疑だったが、のって正解だった。まさか本当にあの大国、ヘルトリングを討ち滅ぼすことができるとはな。ヘルトリングの王はあの世で地団駄《じだんだ》を踏んでいることだろう。じつに酒がうまい。おまえものめ」

アルバンはすげなく「結構です」と断った。

「あいかわらずつれないやつだな。ところで、逃げたヘルトリングの王子はどうした」

「この国に戻る前に捕らえましたよ。ヘルトリングの牢にいますが、両足を切断したので、血止めの出来具合によっては死ぬかもしれませんね。あなたへの報告が遅れているようですが」

「できれば生かしたいな。やつもエーディト王女と同じくわが国で処刑する。……ああ、そう睨むな。しかたがないだろう？　おまえがヘルトリングの王と王妃を殺したんだ。あれほど生け捕りにしろと言ったにもかかわらず……まったく、これだから死神は」

黒い頭巾を被っているためアルバンの顔は見えないが、雰囲気から、男は睨まれていると感じているようだった。

「おい、エーディト王女を牢獄に幽閉したのはおまえの指示だぞ？　それを忘れるな」

「突然どうしたのです？　酔っているからでしょうか、今宵は饒舌《じょうぜつ》なのですね」

「おまえは解せない。なぜ私の言葉を無視して王を殺したのだ。王女の処刑より王のほうが価値があるだろう」

「おれは、あの王族は生きる価値がないと常々思っていたのです。ですから、つい」

彼にとって、エーディトを苦しめる輩《やから》は、身分を問わず、皆、悪であり、ごみなのだ。

「なにがつい、だ。それから王女の髪を切ったオーベルについてだが。おまえ、あれはむごい。優秀な男だったのに、ああも歯が粉砕されては今後一生流動食だ。無慈悲すぎるだろう」

「命があるだけましだと思っていただきたいですね。死に値する行為ですから。これでも抑えたほうですよ？　ゆるす気は一切ないので、おれの前に姿を見せないことです」

男は鼻にしわを寄せ、ふん、と息をはき捨てた。

「王女の牢獄にいた男どもも殺しすぎだ。四十七人が犠牲になったと聞いている」

「あの男どもはおれの妻に不快な思いをさせましたからね。死んで詫《わ》びるのが当然です」

「おまえはどうかしているぞ。だったら、はじめから王女を牢獄に入れなければよかったじゃないか。処刑同様、身代わりで済んだはずだ。そうすれば、無駄な死者や犠牲を払わなくてもよかっただろうに。なぜわざわざ本人を牢獄送りにした。おかげで大損害だ」

「必要だったからですよ。……ところで、あなたはなぜおれを呼んだのです？」

男は豪華な彫りの背もたれに背を預け、目を揉んだ。

「ああ、それだが。イーヴォ、このたびおまえをオルロープ伯に叙任した」

さして興味がなさそうなアルバンを見て、男は身を乗り出した。

「おい、なんだその態度は。どうだ、おまえはオルロープ伯にしてマイエ男爵。もとは爵位を持たないただの男がここまでのし上がった。わが国はじまって以来の異例の大出世だ。よって、おまえの武功を称えて晩餐会《ばんさん》を開催する。断るなよ？　必ず妻も連れてこい」

　無言のアルバンに男は続ける。

「おまえはわが国において、王女の顔を知る者をほぼ始末した。いま、生き残っているのは歯を無くしたオーベルのみ。王女の身代わりに処刑した女も、別人だと誰も気づかなかったほどだ。よって王女が我らの晩餐会に参加しようとなにも問題はない。死神と恐れられるおまえをとりこにしている女をこの私に見せてみろ。十六だと聞くが、一体どんな美女なのだ？」

「晩餐会はお断りします。妻は外には出しません」

「なんだと？　外に出さない？　おい、おまえは貴族だぞ」

「出しませんよ。世界は汚れきっていますから、おれの妻にふさわしくありません」

　男は赤毛をかき上げると、やれやれと肩をすくめた。

「世界が妻にふさわしくないだと？　はっ！　こんな狂った思考の男が私の重臣とはな」

「たしかにおれはあなたの臣下ですが、最初に申し上げたことを忘れないでくださいね。おれが膝を折るのは後にも先にもただひとり。妻だけです。あなたやアルムガルトが妻に害をなそうとするならば、おれはこの国を跡形もなく消し去ります。それをお忘れなく」

赤毛の男は手に持つ杯を傾け、残りを飲み干した。

「ひとりでなにができる、と言いたいところだが、私はこの目で見たからな。おまえを盲信するあの不気味な集団はなんだ？　まあ、おまえこそ歳も姿もわからぬ不気味な男だが。おまえはアルムガルトの王である私に取り入り、ヘルトリングを滅ぼした。おまえはこの上なく頼りになるが、この上なく狂気。まさに諸刃《もろは》の剣だ。末恐ろしい男だな」

王は「ところで」と、宝石がきらめく指をアルバンに差し向けた。

「私は酔っている。いいか、いまは酔っているんだ。これは酔っ払いの戯言《ざれごと》として聞け」

と、念を押してから言う。

「イーヴォ。人はどのように育てばおまえという悪魔に仕上がるのだ？　私は残虐な男どもを知ってはいるが、おまえほどの男はいない。これまで殺した人の数など覚えていまい。紙でもちぎるようにおまえは人を殺す。極めつきがその人間離れした強さ。おまえが望めば国をも手に入れられるし、たやすく王になれるではないか。即座に版図《はんと》を広げることも可能。私がおまえならすぐさま王になるだろう。おまえにその野望は無いのか？」

「――王よ、本当に酔っていらっしゃるようですね。死神では飽き足らず、おれを悪魔などと呼ぶとは。妻はおれを天使だと言いましたよ？　妖精、いいえ、精霊とも言ってくれました」

アルバンが、こつりと一歩前に進み出ると、王はごくっ、と唾をのむ。

「野望？　ありません。妻が国を望むのであれば話は別ですが。妻は慎《つつ》ましやかな方なので、おれが彼女の苦手なものを察するしかないんです。妻を苦しめる障害は除きますよ」

王は話を続けようとしたが、アルバンは遮った。

「申し訳ありませんが戻ります。妻が目覚めるときには側にいたいので」

「……おまえは、エーディト王女が本当にそれで幸せだと思うのか」

「幸せですよ。妻はおれがいればいいのですから。おれも、妻さえいればいい」

「ふん、つくづく不気味なやつめ。おまえのことだ、死ぬときは王女も道連れにしそうじゃないか」

「当然です。おれが死ぬときは妻を連れて行きますし、妻が死ぬときはおれも死にます。あの方はおれだけのものです。軀《むくろ》すら誰にも渡しませんよ。すべて、おれのものです」

アルバンがきびすを返すと、王はつぶやいた。

「化け物め」

＊　＊　＊

化け物――。アルバンは、どう呼ばれようが気にしたことがない。瑣末《さまつ》なことだ。ただ、エーディトの少し鼻にかかった声で〝アルバン〟と呼ばれるのだけは好きだった。

彼はいまは亡きバールケという国で生まれた。母親は美しいと評判だったが、娼婦のため、父親は誰かわからない。アルバンは、母親を見初《みそ》めた義父と三人で暮らすようになったが、幸せだったことはない。虐待されていたからだ。後から生まれた弟や妹からも蔑まれた。

もっとも、幸せを感じたことはなかったが、不幸だとも思わなかった。他人にも自分にも興味がないからだ。表情は乏しく、幼いころから達観し、浮世離れしていた。

家族からの扱いは、野良犬に対するものよりもひどかった。殴る蹴るはもちろんのこと、食事の量はごくわずか。ついには与えられなくなった。家族に疎まれた理由は、人とは違う、全身真っ白の容姿にほかならない。人は、〝普通〟が好きなのだ。

アルバンは自分の肌が弱いと気づくと、ぼろきれのような布を全身に巻くようになっていた。すると、不気味さと気持ち悪さが増したため、虐待はさらに激化した。

彼は、腹を満たすために残飯を漁ったこともあったが、本能に従ったというべきか、次第に山に出かけて、兎《うさぎ》や猪《いのしし》、鳥などを殺して食べるようになっていた。時々襲って来た狼などは、一度も怪我を負うことなくたやすく殺した。彼は、生まれながらに強者であった。

ある日、山に入ったときのこと。彼の国、バールケがヘルトリングに攻め入られたため、山全体が戦場と化していた。熊《くま》を殺していると、どこの国の者かわからなかったが、アルバン目がけて襲ってきたため、返り討ちにしてやった。相手の鋭い剣に対して、彼は木の枝のみで戦った。このとき、人はけものよりもはるかに弱いのだと知った。

剣を手に入れた彼は、まっすぐ家族の住む家に向かった。ほどなくそこで断末魔が轟《とどろ》いた。命乞いなど無視をした。わずらわしさは消え去り、せいせいした。このとき、アルバンは十歳だった。

家族を消した日、アルバンの住む町は戦火の真っ只中にあった。彼は、ちょうど家の戸を開けた騎士と鉢合わせ、すかさず剣を交えて戦った。

彼の身体はよくしなる。相手の視線や手の動き、その殺意から、次の行動を軽々予測し、切っ先の軌道のぎりぎりで剣を避け、屈んで一直線に急所を目指す。時にはわざと苦痛を倍増させるやり方で、めったざしにして斬り刻んだ。

――弱い。鼠《ねずみ》にも劣る。

アルバンが取り押さえられたのは、騎士を十二人ほど葬《ほうむ》ったあとだった。血だまりですべったところを捕まった。そのまま殺されるはずだった。しかし、身体を張って止めた者がいた。それが、ヘルトリングの小さな隊の騎士隊長だ。

騎士隊長は、アルバンの後ろにある血まみれの家族の遺骸を見るなり、勘違いをしたようだった。騎士に家族を殺された少年が、逆上して応戦したのだと考えた。

「部下がすまなかった。……しかし、驚いたよ。その幼さで、きみは武闘の天才だな」

言葉がわからず、眉をひそめると、騎士隊長は理由に気づいたようだった。

〈ああ、すまない。この言葉なら通じるだろう？　……ん、いま腹の虫が鳴ったな。きみ、俺のもとに来ないか？　たらふく食わせてやろう。きみは絶対に騎士になるべきだ〉

餌《えさ》につられたといっていい。しかし、実際にアルバンにやさしく接した人間は、この騎士隊長がはじめてだった。彼は、腹が満たされるなら行ってやってもいいと考えた。

ヘルトリング入りしたアルバンは、まず騎士の見習いをはじめた。鍛錬は簡単すぎるし、雑用ばかりであくびが出たが、ほどよくさぼり、ほどよく働いた。すぐに三年が経過した。アルバンは、ただじっと見習いをしていたわけではない。時々騎士隊長に連れられ、戦地で戦った。残虐な戦いを好むことから、たびたび騎士らしからぬ行為と叱責されたが、わずらわしいものは殺すべきだと思う彼の耳には、右から左へ流れるだけだった。

無骨な鉄兜と包帯の不気味な姿から、誰も好んでアルバンに近寄ろうとはしなかった。しかし変わらず、騎士隊長だけは積極的に話しかけてきた。アルバンは、しょうがないから付き合ってやるかと思いつつ、覚える気のなかったヘルトリングの言葉を少しずつ教わった。

彼は、理不尽を感じることがたびたびあった。どう考えても騎士隊長のほうが強いのに、へっぴり腰の弱すぎる輩が騎士隊長を押しのけ、ふんぞりかえっているからだ。おかげで先日、隊は戦で負けてしまった。上に立つ豚のような貴族の男が失策したからだった。

「しかたがないさ。この国は身分がものをいうんだ。庶民は一生庶民でしかない」

「庶民は……き、貴族に、なる。……なれない、のか？」

「この国じゃ無理だな。アルムガルト国あたりに行くしかない。あそこは実力主義と聞く。だが小国すぎてそのうち消えるだろう。あそこの騎士になっても命を無駄にするだけだ。あとは、王女さま方の騎士になる栄誉を賜《たまわ》れば貴族と同等の力を得られるが、まず無理だろう。王女さまは皆、貴族から騎士を選ぶのが習わしなんだ。庶民は地道に武勲を立てるしかない」

　話の途中で、視線を感じて空を仰ぐと、騎士隊長もまた上を見た。空に向かってのびる塔の窓に、ひょっこりと顔を出している少女がいる。

「あの黒髪の方は第三王女のエーディトさまだ。ああして外を観察するのがお好きらしい。あの方は他の姫君とは違って性格が穏やかだから、庶民のなかから騎士を選ぶかもしれない、などと夢を見るやつもいる。まあ、あの方も貴族から騎士を選ぶだろうが」

　このとき、アルバンは小さなエーディトに興味は抱かなかった。しかし、後日騎士隊長が無策の貴族のせいで命を落とした日、思いは変わった。

無能なくせにでしゃばるやつは死ねばいいのに、とアルバンは考えた。生かしておいて

は害を生む。

　騎士隊長を特別好いていたわけではないが、彼が唯一会話をする相手であった。

　その日はしとしとと霧雨が降っていた。中庭に立つアルバンは、ぶなの木を見つめた。

にぎったこぶしは、力を入れすぎていたため、包帯越しに血が滴った。

　アルバンは、胸に抱える思いがなんなのか、わからないでいた。心を動かされたことが、

これまで一度もなかったからだ。

　じっとりと、服や、腕に巻いた包帯が水気を含んで重みを増していた。

　その場を去ろうとしたときだ。回廊から小さな足音がとことこと聞こえてきた。

「ばあや、……ばあや？　どこにいるの？　エーディトよ。出てきて、ばあや」

　不安げな顔をして、きょろきょろと辺りを見回している少女がいる。ふわふわと薄布が

揺れる極上のドレスを纏っていた。すぐに、第三王女のエーディトだとわかった。

　王女は塔から出ないと聞いていたのに、それから毎日、ばあやを捜す彼女を見かけた。

「……あの方も気の毒だな。見ていられない」

　ある日、貴族の騎士がエーディトについて話していたため、彼は耳を傾けた。騎士たち

が言うには、ばあやとやらは牢獄に囚われているらしい。彼女がいくら捜し回っても無駄

なのだ。しかし、誰にも王女を止められない。高貴な王族に声をかける資格があるのは、

特別にゆるされた者のみだからだ。話を聞くにつれ、彼は自分が腹を立てていることに気がついた。

その後、戦地に駆り出されたアルバンは、自分がなにに対して怒っているのかわからなかったが、腹いせに敵を葬った。数などいちいち数えない。気がすむまで身体を動かした。なかには味方もいたが、素知らぬふりで斬り捨てた。殺した者には、いばり散らす無能な騎士も含まれていたし、騎士隊長の死の原因になった貴族もいた。

帰国した日のことだった。自然に足は中庭に向かった。一歩一歩と進み、ぴたりと止まる。アルバンは、ぶなの木の下で、ひとりぼっちでうずくまる小さな彼女を見つけた。

王族に勝手に話しかけたり、機嫌を損ねさせると死罪になるという。しかし、彼は少しも恐れず近づいた。その震える肩に触れたいと思った。

「あんた……第三、王女……？　だろ」

雨が降りしきるなか、ゆっくりとこちらを仰いだ彼女の顔。張りつく黒い髪。その隙間から見える緑の瞳は、鮮やかに、アルバンの目に、頭に焼きついた。

まず、白ではない黒い髪が好ましい。緑色のうるんだ瞳は吸いこまれそうな色だった。鼻も小さくて舐めたくなるし、唇も。頬もかじりたくなるほどふっくらしていた。

よくよく見れば、小さなそばかすを見つけた。顔だけでも、色をたくさん持った子だ。考えられないほどの権力を持ちながら、すぐに死んでしまいそうな小動物を思わせる。

この手で壊れないよう、守ってやらねばという思いがわけもなく湧きあがってくる。

彼女の騎士になると決めたのはすぐだった。王女である彼女は自分からははるか遠いところにいる。騎士になることは、そんなエーディトの近くにいられる唯一の方法だ。涙を流させないように、つらい顔をさせないように、側にいる。彼は、しのびこんだ牢獄でそんなことを考えた。

看守を数人葬ったあと、ばあやという人の遺骸を捜した。おそらくエーディトは喜ぶはずだ。しかし、ひどい拷問の後の遺体を前にして、彼女に見せないほうがいいと思った。泣かせたくはなかったからだ。彼は、人知れずその遺体を埋めることにした。

墓にはバールケの文字で〝ばあや〟と削った石を置く。墓を作ったのははじめてだった。

彼のとる行動は、エーディトが喜ぶか、喜ばないか、妨げになるか、利になるかというように、すべて彼女に基づくものだった。彼女のドレスが小枝に引っ掛かれば、その枝を容赦なく切り落としたし、小石につまずけば、その石を蹴飛ばした。エーディトを苦しめる輩がいれば葬りたかったが、いかんせん彼女の居室にある塔には行けない。見上げるのみだった。

言葉を習い、ヘルトリングの文化に触れるにつれて、アルバンは、エーディトが十六歳で嫁ぐことが決まっていることを知った。それはなにがあっても覆らない。ヘルトリングが滅びないかぎり。

「アルバン、どうしたの？　ぼうっとしているわ」

エーディトのぷっくりとした薄桃色の唇が動いた。

――小さなこれを、誰かが吸うのか？

見たことのない彼女の婚約者、アンニム国の王子を思う。

「アルバン？」

彼はエーディトの目を見つめる。彼女は恥ずかしいのか、ドレスの飾りをいじくった。

「おれの好きな色は緑だ。あんたの色」

真っ赤な顔のエーディトの手をにぎり、さらに上に手を重ねる。やわらかくて温かい。

――こうも手が腫れて、いたぶられて……。全員生きる価値がない。力がいる。


それから力をつけるために動いてきたアルバンだったが、本領を発揮しはじめたのは、エーディトに騎士の儀式の約束をとりつけたときからだ。彼は、若い騎士にしては考えられないほどの武勲を立てた。より地位のある者、強い者に狙いをさだめて挑んだからだ。

危ないと感じたことはないとは言えない。多勢に無勢は不利になる。しかし、彼は怪我をすることなく生還した。危険であるとはいえ、彼にとっては人は愚鈍で、ゆっくり動いて見えていた。

エーディトから贈られた黒い鎧を纏ってからは、黒は目立ち、そのまがまがしさから〝死神〟と恐れられた。無理もない、彼は敵味方関係なく、前に立つ者を薙ぎはらうのだから。

当然味方からは非難されたが、その損害をはるかに超えて敵を屠るため、彼の行為は黙認された。とある騎士はこう言った。〝死神の前に立ち、行く手を阻む者が悪い。自業自得だ〟と。

そんななか、戦地に行くたび、彼を妄信する者が現れはじめた。味方だけではなく敵にもだ。彼はそれを利用した。やがて彼らは組織を形成し、大きな力になってゆく。声をかけるでもなく、彼らはアルバンのいるところにおのずと現れ、従った。皆、真似をして黒を纏っていた。

戦い、土地や富を奪い、小国がいくつか滅んだが、それはヘルトリングの血肉になった。ますます強大になるヘルトリングに、彼は違和感を覚えた。己に力はついたし、大いに金を稼いだが、庶民は一生庶民のままだ。高貴な存在――王女に手は届かない。かすりもしない。大国になればなるほど、彼女はますます遠ざかっていくようだった。

つねに腫れている彼女の手を思う。

〝わたしはあなたがいればいい〟

――おれも、あなたがいればいい。

エーディトの前から姿を消したアルバンは、ほどなくして、アルムガルトの騎士として戦地に立つようになっていた。黒い集団を引き連れ、自身も黒を纏い、破竹の勢いで勝利をもたらした。たったのふた月で、王に呼ばれるほどにまで上りつめたのだ。もっとも、小国だからこそのことだ。アルムガルトは隣国に大半の領土を削り取られて、もはや風前の灯だった。

アルバンがアルムガルトに白羽の矢を立てたのは、実力主義の国であったこと、ただそれだけだ。

「黒い頭巾を被って現れるとはな。とんでもなくうさんくさいやつめ。名を言え」

アルムガルトの言葉はなまっているが、幸い、ヘルトリングと同じであった。

「イーヴォと申します」

謁見の間にて、黄金作りの玉座で足を組む王は、いらいらとアルバンを睨みつけた。並みいる貴族も、アルバンを見る目は冷ややかだった。

「イーヴォとやら、なぜそのような格好なのだ。私の前ではそのふざけた頭巾を脱げ」

彼は黒い頭巾に黒い正装、黒のマントといった、黒づくし。異様な出で立ちだ。

「お断りします。王よ、はじめに申し上げておきますが、おれが膝を折るのはただひとり。

おれは、とある方の騎士であり、その方に命を捧げています。黒は誓い。その証」

「ではなぜ私のもとにいる。去れ！」

「よろしいのでしょうか。アルムガルトはいまでこそ勝利し、他国を退けていますが、おれがいなければ滅びますよ。あなたは隣国で見世物として首を斬られるでしょう」

「黙れ！」

「言葉が過ぎましたか？　しかし事実です。おれはこの一年以内に、あなたを苦しめてきた隣国オルブリヒを滅ぼします。まず手はじめに、エステン砦を落としてみせましょう」

彼はなんでもないことのように言ってのけたが、エステン砦は隣国の要とも言える難攻不落の砦であった。突飛な話だとばかにした目を向ける王に、アルバンは続ける。

「オルブリヒを滅ぼしたら、褒美として、あなたに叶えていただきたいことがあります」

「ふん！　ほざくな。まずはエステン砦を落としてから口を開け。わかったか！」

そして、アルバンはわずかひと月で、本当に砦を落としてしまったのだった。

ふたたび謁見の間に呼び出されたときには、前とは違い、彼は諸侯らに畏怖と歓迎のまざるまなざしを向けられた。

「イーヴォ、おまえの功績を称えて爵位を与える。マイエ男爵だ」

王は上機嫌だった。

「それよりも覚えていらっしゃるでしょうか。叶えていただきたいことがあります」

「なんでも言ってみろ」という言葉を受けて、アルバンは一歩前に進み出た。

「オルブリヒ国を手はじめに、おれは、あとふたつ国を滅ぼします。それで道筋はじゅうぶんでしょう。——王よ、そのあとで、ヘルトリング国に宣戦布告をしてください」

王は、くわっと目を見開き、玉座からがたんと音を立てて立ち上がる。

「ばかな！　ヘルトリングだと？　とんでもない大国だ……私の国を滅ぼすつもりか！」

「滅びませんよ、おれがいますから」

「愚か者！　あそこの騎士団がどれほどの兵《つわもの》か、わかった上で言え！」

「理解した上でお話ししています。叶えていただけないのなら、おれは他国へ移るのみですが……。そのときはあなたの敵になっているかもしれませんね。おれは、強いですよ」

王はよろよろと玉座に腰を下ろした。額に手を当て息をつく。

「……しばし待て。考えさせろ。国の命運がかかっているのだ。いますぐに答えを出せるものではない」

「いいですが、あまり時間をかけないでいただきたいですね。意外かもしれませんが、おれは結構せっかちなのですよ。そうですね、一両日中には答えを聞かせてください」

結局、王の出した結論は宣戦布告だった。

＊　＊　＊

ひんやりとした肌が重なり、エーディトは目を開けた。すぐに視界に白が飛びこんで、唇に、ふに、とやわらかなものが押し当たる。しばらく熱を交わしていると、彼が言う。

「起こしてしまいましたね。エーディト、まだ眠いでしょう？」

唇がかすかに触れあう位置で話すから、熱い吐息が吹きかかる。

「ん……眠いけれど、眠くないわ」

「どちらです？　かわいい人」

「ふふ、あなたがいるから眠くない。身体が冷えているのね。どこかに行っていたの？」

彼は顔を離してエーディトをのぞきこむ。告げられていなくても、愛しいと訴えるかのような目だ。ふたたび唇を吸われて、ふさりとまつげが触れあった。

「眠るあなたが魅力的で、どうしようもなく猛りそうになりました。ですから、外で身体を冷ましていたのですよ。でも、少々冷えすぎたようです。おれを温めてください」

「いいわ、来て？」

エーディトが両手を広げると、アルバンは甘えたように抱きついてきた。あいかわらずすらりとしなやかな筋肉を纏っているが、三年前よりもがっしりしたような気がする。

「とっても背が伸びたし……すごく硬いわ。いまでも鍛えているの？」

「ええ。おれはあなたの騎士ですからね。あなたの敵はすべて片づけます」

「わたしの敵？　そんなのいないわ。……ねえ、アルバン。ここはどこなの？」

寝台や燭台、垂れ下がる布、壁などの装飾品は凝っていて、豪華なものだ。視線をさまよわせていると、彼は「祖父の城です」と言った。

エーディトは「おじいさま？」とまたたきをする。まさかここで祖父という言葉を聞くとは思わなかった。彼の起源はこのアルムガルトではなく、亡国のバールケだと思っていたからだ。

「あなたには黙っていましたが、おれの母は身持ちが悪く、放蕩《ほうとう》が過ぎて勘当されました。祖父はこの国の貴族です。もう四年になるでしょうか、祖父が亡くなり爵位を継ぎました。まさかこの国がヘルトリングを滅ぼすとは思いませんでしたが。ですが、爵位を継いでいたおかげであなたを牢獄から救えました。おれはいま、おれの出自に感謝しています」

話に聞き入っていると、ちゅ、と彼の唇が口につく。

「くわしい話はあとにしましょう。それよりも、牢獄はつらかったでしょう？」

その言葉に、エーディトは胸が締めつけられる思いがした。暗闇が苦手な彼女にとって、四日間の牢獄での監禁は耐えがたい地獄だった。考えればすぐに猛烈な恐怖感が襲い、激しい動悸《どうき》に見舞われる。かたかたと身体がわなないた。

「怖かった」と泣き出せば、アルバンはぎゅうと強く抱きしめてくれた。エーディトは、彼の名前を何度も呼びながら子どものようにしがみつく。あの牢獄だけはだめだった。

「こんなに震えて、かわいそうに。おれがいますから、もうだいじょうぶです」

頭頂部に息がかかり、唇があてられた。続いて彼の頬ずりを感じる。

「おれは、あなたをこの城から出すつもりはないのです。牢獄でのあなたのあわれな姿が目に焼きついて離れません。外はけだものの巣窟だ。かよわいあなたは、たちまち殺されてしまう。おれは、おれの命よりも大切なあなたを失いたくないのです」

エーディトは「外には出たくない」とつぶやいた。外と言われて想像するのはやはりあの牢獄だ。まざまざとよみがえり、怯えていると、彼の手に慰められる。出会ったころからそうだった。彼はやさしい。

「ずっとふたりでいませんか？　おれが、あなたを永遠に守ります」

白いまつげを伏せた彼の顔が近づいた。唇がじんわりとした熱を持つ。そのあいだに彼の手がエーディトの脚をさすり、ゆっくりと割り開く。秘裂を指でなぞられた。

「……永遠に？　ずっと一緒にいられるの？」

「ええ。もうあなたを泣かせませんし、つらい思いはさせません」

秘部に硬いものが当たった。

「アルバン。……あ」

くぷ、と彼の先が侵入し、すぐにおなかの奥にくっついた。エーディトのあごが持ち上がる。彼は腰を動かした。寝台はきしみをあげて、その音の間隔を狭めていった。

「んっ、……んっ。……あ……。王女では、……なくても。──は。永遠、なの？」

「永遠ですよ。こうしてつながっていると、ひとりじゃないと実感しませんか？　もうあなたは孤独ではありません。おれがいますから。ほら、おれたちはひとつでしょう？」

くん、と彼の強張りがエーディトの深いところをえぐった。

「あっ……」

「エーディト……おれは死ぬまであなたを放しません。死んでも放さない。永遠にふたりだ。──ああ、あなたが好きです。好きで、好きで……エーディト、あなたは？」

激しく揺さぶられながら、官能に押しつぶされそうなエーディトは、懸命に言葉をつむいだ。

「……は。……わたしも……、わたしも好きよ……アルバン。あ。──好き」

「では、おれと一生……こうしていましょうね？」

彼は、この世のものとは思えないほど、きれいに笑った。

ソーニャ文庫アンソロジー

騎士の恋

ソーニャ文庫アンソロジー

騎士の恋

Comments

秋野《あきの》真珠《しんじゅ》

両片思いよりも、片思いの方に無理やり向かせるのが好き。鬼畜でちょっぴりヘタレな彼と、地味で真面目で思いつめたら何をするかわからない彼女。かき混ぜた結果を、一緒ににやりと笑って貰えれば幸いです。

富樫《とがし》聖夜《せいや》

「騎士の恋」というテーマだったので色々考えたのですが、最終的には大方の予想通りに忠義面している腹黒なヒーローになりました。いやぁ、姫と、彼女に忠誠を誓う騎士とのカップルはいいものですね！

荷鴣《にこ》

騎士のヒーローを書いたことがなかったのでとても新鮮でした。むきむきな筋肉がすこし苦手なのでお話が思い浮かばなかったのです。でも書き終えたとたん、あら、筋肉いいじゃないのと思いました。また書いてみたいです。

春日部《かすかべ》こみと

ソーニャ文庫様のアンソロジー「騎士の恋」、他の方のお話を読むのが今から楽しみです！
そしてyoco先生の美麗すぎるカバーイラストに、萌え転がりました。び、美に目と心が浄化される……！

Sonya

yoco《よこ》

発行おめでとうございます。少しでも彩を添えられれば幸いです。

この物語はフィクションであり、実在する人物・団体等とは関係ありません。

この本を読んでのご意見・ご感想をお待ちしております。

◆ あて先 ◆

〒101-0051
東京都千代田区神田神保町2-4-7 久月神田ビル
㈱イースト・プレス　ソーニャ文庫編集部

富樫聖夜先生／秋野真珠先生／
春日部こみと先生／荷鴣先生／ yoco先生

ソーニャ文庫アンソロジー

騎《き》士《し》の恋《こい》

2020年2月3日　第1刷発行

著　　者　富樫聖夜《とがしせいや》　秋野真珠《あきのしんじゅ》
　　　　　春日部《かすかべ》こみと　荷鴣《にこ》
カバーイラスト　yoco《よこ》
装　　丁　imagejack.inc
D　T　P　松井和彌
編集・発行人　安本千恵子
発　行　所　株式会社イースト・プレス
〒101－0051
東京都千代田区神田神保町２－４－７ 久月神田ビル
TEL 03－5213－4700　FAX 03－5213－4701
印　刷　所　中央精版印刷株式会社

ISBN 978-4-7816-9667-6
定価はカバーに表示してあります。